디어 마린

꿈꾸는돌
30 디어 마틴

닉 스톤 장편소설
곽명단 옮김

2021년 10월 11일 초판 1쇄 발행
2022년 11월 21일 초판 2쇄 발행

펴낸이 한철희 Ⅰ 펴낸곳 돌베개 Ⅰ 등록 1979년 8월 25일 제406-2003-000018호
주소 (10881) 경기도 파주시 회동길 77-20 (문발동)
전화 (031) 955-5020 Ⅰ 팩스 (031) 955-5050
홈페이지 www.dolbegae.co.kr Ⅰ 전자우편 book@dolbegae.co.kr
블로그 blog.naver.com/imdol79 Ⅰ 트위터 @Dolbegae79 Ⅰ 페이스북 /dolbegae

편집 우진영·이하나
표지 디자인 민진기 Ⅰ 본문 디자인 이은정·이연경
마케팅 심찬식·고운성·한광재 Ⅰ 제작·관리 윤국중·이수민·한누리
인쇄·제본 상지사 P&B

ISBN 979-11-91438-36-9 (44840)
ISBN 978-89-7199-432-0 (세트)

책값은 뒤표지에 있습니다.

디어 마틴

Dear Martin

닉 스톤 장편소설
곽명단 옮김

돌베개

K와 M에게.

최상의 자신이 되길.

&

케이시 윅스 선생님께.

이 책을 저의 보은으로

여겨 주시길.

무장하지 않은 진실과

조건 없는 사랑이

현실에서 끝내 승리할 것이라고

나는 믿습니다.

— 마틴 루서 킹 목사의 노벨 평화상 수락 연설 중에서
(1964년 12월 10일)

차례

1부

1

횡단보도 앞에 저스티스가 서 있다. 건너편에 여자애가 보인다. 헤어진 여자 친구 멜로 테일러다. 팜프레시 마트 주차장에 세워 둔 멜로의 벤츠 옆 축축한 콘크리트 바닥에 널브러져 앉아 있다. 어디서 잃어버렸는지 구두는 한 짝만 신고 있고, 손가방에 들어 있어야 할 물건들은 사방에 흩어진 꼴이 축하 폭죽이라도 터뜨린 것 같다. 술에 취했다지만, 그래도 저건 너무 심하다. 아무리 멜로라고 해도.

저스티스는 고개를 가로젓는다. 15분 전쯤 매니의 집을 나설 때 못마땅한 듯 얼굴을 잔뜩 찌푸리던, 둘도 없이 친한 그 친구의 표정이 떠오른다.

'보행' 신호가 들어온다.

누군가 다가서는 기척에 멜로가 눈을 뜬다. 저스티스가 손을 흔들어 보이며 귀에서 이어폰을 뺀다. 그 순간 저스티스의 귀에 멜로의 말이 들린다. "뭐야, 네가 여기 웬일이야?"

같은 질문을 스스로에게 던지며, 저스티스는 멜로를 가만히 지켜본다. 몸을 가누려고 애쓰다가 옆으로 쓰러지는가 싶더니 기어코 자동차 문에 얼굴을 찧고 만다.

저스티스가 후다닥 앉아 멜로의 얼굴 쪽으로 손을 뻗는다. 뺨이 캔디 애플처럼 빨갛다. "헐, 괜찮아?"

멜로가 저스티스의 손을 밀친다. "웬 걱정?"

톡 쏘는 말에, 저스티스가 한숨을 푹 내쉰다. 저스티스는 많이 걱정된다. 분명코. 그러지 않으면 2킬로미터에 가까운 길을 걸어왔겠냐고. 그것도 새벽 3시에. 오로지 헤어진 여자 친구가 음주 운전을 하는 재앙을 막기 위해서.(매니는 절친한 친구를 끝내 태워다 주지 않았다. 그도 그럴 것이 저스티스에게 일어난 최악의 불상사가 멜로와 사귄 일이라고 여기기 때문이다.)

저스티스는 당장 이 자리를 떠야 한다. 그래야만 한다.

그런데 웬걸.

"제사가 전화했더라."

"그 쌍⋯⋯"

저스티스가 말을 가로챈다. "욕할 거 없어, 멜로. 걔는 네가 걱정돼서 나한테 연락한 것뿐이니까."

제사는 멜로를 자기 차에 태워 집까지 직접 데려다줄 작정이었다. 그런데 멜로가 으름장을 놓았던 것이다. 당장 차에서 내려 주지 않으면 경찰에 납치범으로 신고하겠다고.

멜로의 술버릇은 못 말릴 정도로 고약하기는 하다.

"관계를 싹 끊어 버릴 거야, 내가." 멜로는 구체적으로 덧붙인다. "실생활에서도 SNS에서도. 주제넘은 년."

저스티스가 또다시 고개를 젓는다. "나는 그냥 네가 집에 무사히 가는 것만 확인하려고 온 것뿐이라고." 그러고 보니 문득 난감해진다. 멜로를 용케 집까지 데려다준다고 해도, 자신이 돌아갈 방법이 막막하다. 저스티스는 눈을 감는다. 매니의 말이 머릿속에서 울린다. 그렇게 여자-구조-대장처럼 깝죽대다가 정작 네가 골탕 먹어, 인마.

저스티스가 멜로 쪽을 건너다본다. 지금은 뒤로 젖혀진 머리를 자동차 문에 기대고 앉아, 입을 벌린 채로 졸고 있다.

저스티스는 한숨이 나온다. 엉망진창으로 취했어도, 자신에게는 멜로보다 예쁜 여자애는 세상에 없다는 것을 부인할 수 없다. 두 사람이 '손잡은' 이후로는 말할 것도 없고, 처음 보았을 때부터 그랬다.

멜로의 몸이 옆으로 기울기 시작한다. 쓰러지는 것을 막으려고, 저스티스가 멜로의 양어깨를 잡는다. 멜로가 화들짝 놀라 눈을 똥그랗게 뜨고 바라본다. 그 순간 저스티스는 맨 처음 자신을 사로잡았던 멜로에 관한 것들이 하나하나 떠오른다. 라인배커 포지션으로 그 대단한 미식축구 명예의 전당에 오른 멜로의 아버지는 덩치가 어마어마하게 큰 흑인이다. 그런데 어머니는 노르웨이계 백인이다. 멜로는 엄마를 닮아 피부는 뽀얀 우윳빛이고, 반곱슬머리는 벌꿀색이며, 눈동자는 가장자리에 보랏빛이 돌아 경이로운 초록색이다. 그런 반면에 입술은 정말 두툼하고, 잘록한 허리에서 엉덩이로 이어지는 곡선미는 끝내주고, 엉덩이는 세상에 또 있을까 싶을 정도로 매력적이다.

저스티스의 문제 중 하나가 바로, 너무나 아름다운 멜로의 외모에 발목이 잡혔다는 것이다. 멜로처럼 예쁜 여자애가 자신을 좋아할 줄이야. 저스티스로서는 꿈도 못 꾸었던 일이다.

지금의 멜로는 눈이 벌겋고 머리는 헝클어지고 입에서는 보드카며 담배며 대마초가 뒤섞인 냄새가 풍긴다. 그런데도 저스티스는 키스하고 싶은 충동을 느낀다. 손을 뻗어 멜로의 얼굴에 덮인 머리카락을 치우려고 한다. 그러나 멜로가 또다시 저스티스의 손을 밀쳐 버린다. "손대지 마, 저스."

멜로가 엉금엉금 기어다니며 립스틱, 티슈, 탐폰 생리대, 한쪽엔 화장품이 담겨 있고 다른 쪽엔 거울이 달린 동그란 물건, 휴대용 술병 따위를 주워 담기 시작한다. "으악, 차 키 어딨어어어어어어어?"

저스티스가 자동차 뒷바퀴 앞에서 발견한 열쇠 꾸러미를 냉큼 낚아챈다. "너 운전하면 안 돼, 멜로."

"내놔." 멜로는 열쇠 꾸러미를 낚아채려다 헛손질한다. 그 바람에 몸이 기우뚱하면서 저스티스의 품으로 쓰러진다. 저스티스가 멜로를 다시 자동차에 기대앉혀 놓고 나머지 물건들을 주워 손가방에 넣는다. 손가방이라기엔 일주일치 식료품이 다

들어갈 만큼 크다.(여자애들 손가방이 스포츠 가방만 한 이유는 뭐지?) 저스티스는 자동차 문을 열어 가방을 뒷좌석 바닥에 던져 놓는다. 그러고는 멜로를 일으켜 세우려고 한다.

그때부터 모든 일이 꼬인다. 아주 제대로, 아주 빠르게.

첫째, 멜로가 토하는 바람에 저스티스가 입은 후드 티가 토사물 범벅이 된다.

매니 옷인데. 딱 꼬집어 "내 후드 티에 토사물 묻혀 오지 마."라고 경고했는데.

귀신이네.

저스티스는 옷을 벗어 뒷좌석에 던진다.

그러고는 멜로를 들어 올리려고 기를 쓰는데, 멜로가 따귀를 때린다. 힘껏. "나 좀 가만둬, 저스."

"그렇겐 못 해, 멜로. 네가 직접 운전하려고 했다가는 절대로 집에 못 돌아갈 거야."

이젠 아주 겨드랑이에 팔을 끼우고 안아 올리려고 하자, 멜로가 저스티스의 얼굴에 침을 뱉는다.

저스티스는 이번에도 그냥 가 버릴까 생각한다. 멜로네 부모님에게 전화를 한 뒤 자동차 열쇠를 자기 주머니에 넣고, 홀가분하게. 아마 오크리지는 애틀랜타시에서 '가장' 안전한 동네일 테니까. 멜로 아버지가 도착하는 데 25분쯤 걸릴 테니까, 그사이에 별일은 없겠지.

그러나 저스티스는 차마 그럴 수 없다. 매니의 말마따나 이

번만큼은 뜨거운 맛을 보아야 할 짓을 했을지라도, 멜로를 무방비 상태로 혼자 두고 가는 건 도저히 못 하겠다. 결국 저스티스는 멜로를 어깨에 둘러멘다.

그 까다로운 성미에 가만있을 멜로가 아니다. 비명을 지르면서 두 주먹으로 저스티스의 등을 마구 때린다.

저스티스가 겨우겨우 뒷문을 열고 멜로를 차 안에 내려놓으려는 찰나 웽웨에엥 하고 짧게 반복되는 사이렌 소리가 들리고 푸른 불빛이 번쩍거린다. 곧이어 순찰차가 뒤에서 끼익 멈춰 선다. 그사이 저스티스는 멜로를 뒷좌석에 앉혀 놓는다.

멜로는 긴장한 나머지 이미 굳어 버렸다.

점점 다가오는 발소리가 들리는데도, 저스티스는 멜로에게 안전벨트를 채우기에 급급하다. 제 딴에는 멜로가 운전을 하려고 한 적이 없음을 경찰에게 확실하게 보여 주려는 것이다. 그 애가 더 큰 곤경에 빠지지 않도록.

차 안에서 머리를 빼내기도 전에, 저스티스는 셔츠가 잡아당겨지는 것을 느낀다. 곧바로 저스티스의 몸이 뒤로 확 끌려간다. 머리가 문틀에 세게 부딪히는 것과 거의 동시에 어떤 손이 목덜미를 옥쥔다. 뒤이어 상체를 자동차 짐칸 위에 내리찍는다. 그 바람에 깨물린 안쪽 볼살에서 흐른 피가 입안 가득 고인다.

저스티스는 피를 삼킨다. 머리는 빙빙 돌고, 무슨 상황인지 알 수가 없다. 현실을 일깨워 주기라도 하듯, 갑자기 손목을 찌르는 듯한 차가운 금속.

수갑?

저스티스는 정신이 번쩍 든다. 믿기지 않을 만큼 취한 상태로 운전을 하려고 아주 작정한 멜로는 뒷좌석에 앉아 있는데, 정작 '자신'이 수갑을 차다니.

경찰관이 저스티스를 순찰차 옆 바닥으로 떼밀면서 네 권리를 아느냐고 묻는다. 체포하기 전에 경찰관이 으레 알려 주어야 할 자신의 권리를, 저스티스는 들은 기억이 없다. 어쩌면 머리를 두 번이나 심하게 부딪힌 이후로 귀가 계속 윙윙거려서 못 들었을지 모른다. 저스티스는 입안에 고인 피를 꿀꺽꿀꺽 삼킨다.

"경관님, 뭔가 큰 오해……" 저스티스가 말문을 연다. 그러나 경찰관이 얼굴을 후려치는 바람에 말을 끝맺지 못한다.

"개소리 집어치워, 이 후레자식아. 그놈의 후드 티를 입고 날건달처럼 걸어오는 걸 봤을 때부터 돼먹지 못한 짓을 할 줄 알았으니까."

그러니까 후드 티를 입은 것이 잘못이었구나. 이어폰을 낀 것도. 이어폰만 끼우고 있지 않았어도 미행당하는 것을 눈치챘을 텐데. "하지만, 경관님. 저는……"

"입 닥치고 있어." 경찰관이 웅크려 앉아 저스티스의 얼굴을 들여다본다. "내가 너 같은 놈들을 알지. 먹잇감을 찾아서 잘사는 동네 어슬렁거리는 놈들 말이야. 키를 안에 두고 차 문을 잠가 버린 예쁜 백인 여자만 보면 도저히 못 참겠지, 응?"

이건 또 웬 억지소리? 열쇠를 안에 둔 채 자동차 문을 잠갔다면, 무슨 수로 멜로를 태웠겠어? 저스티스는 경찰관이 달고 있는 명찰을 발견한다. 생김새는 표준적인 미국 백인인데, 이름은 히스패닉계인 '카스티요'다. 이런 상황에 대처하는 법을 엄마에게 듣긴 했지만, 저스티스는 그 조언이 자신에게 실제로 필요한 날이 올 줄은 정말이지 꿈에도 몰랐다. 공손하게 행동해라, 화를 참아라, 경찰이 네 손을 확실하게 볼 수 있도록 해라.(세 번째는 지금 따를 수 없는 조언이다.) "카스티요 경관님, 저는 정말로 불손하게……"

"주둥이 닥치라고 했지!"

저스티스는 마음속으로 빈다. 멜로의 얼굴을 볼 수 있기를. 경찰에게 사실대로 말해 달라고 멜로에게 부탁할 수 있기를. 그러나 경찰관이 눈앞을 가로막고 있다.

"자, 너한테 이로운 게 뭔지 안다면, 잠자코 가만히 있어. 저항해 봐야 너만 큰코다칠 테니까, 알아들었어?"

경찰관이 입을 벌릴 때마다 담배 냄새가 풍기고 침방울이 저스티스의 얼굴에 튄다. 그러든 말든 저스티스는 마트의 반짝거리는 초록색 간판만 뚫어져라 바라보고 있다.

"내가 말할 때는 나를 봐, 새끼야." 경찰관이 저스티스의 턱을 움켜잡는다. "내가 묻잖아."

저스티스는 피를 삼킨다. 카스티요 경관의 차갑고 푸른 눈을 마주 본다. 목청을 가다듬는다.

"예, 경관님. 알겠습니다."

8월 25일

마틴(일명 킹 목사님)에게

먼저 양해부터 구할게요. 제가 목사님을 '마틴'이라고 부르는 건 절대 무례해서가 아니에요. 10학년* 때 프로젝트를 하면서 마틴과 마틴의 가르침에 관해 공부해서인지 친구처럼 대하는 게 가장 자연스러울 것 같아요. 그러니 부디 이해해 주세요.

　　간단히 소개를 하자면, 제 이름은 저스티스 매캘리스터입니다. 현재 열일곱 살로 고등학교 졸업반이에요. 조지아주 애틀랜타시에 있는 브래셀턴 사립 고등학교에 전액 장학생으로 다녀요. 학업 성적은 졸업반

---

*　작품 속 10학년은 4년제 고등학교 2학년, 뒤에 나오는 8학년은 2년제 중학교 2학년에 해당한다.

83명 중 4등이고, 학교 토론부 부장을 맡고 있어요. 수능 점수는 SAT가 1600점 만점에 1560점이고 ACT가 36점 만점에 34점이에요. 저는 (마틴이 옛날에 자주 다녔던 곳에서 그다지 멀지 않은) '열악한' 동네에서 자랐어요. 그렇지만 앞으로는 아이비리그에 속하는 대학교에서 교육받을 것 같아요. 법학 학위를 따서 공공정책 분야에서 일할 계획이에요.

슬프게도, 그런 조건들이 오늘 꼭두새벽에는 그야말로 전혀 소용없었어요.

한마디로, 좋은 일을 하려다가 수갑을 찬 채 바닥에 엎드리는 신세가 되고 말았어요. 헤어진 여자 친구는 술에 취해서 누가 봐도, 이런 표현을 써서 죄송하지만, 떡실신을 했는데도, 학교 후드 티를 입고 있던 제가 훨씬 위협적으로 보인 게 분명해요. 저한테 수갑을 채운 경찰관이 지원까지 요청한 것을 보면요.

가장 어처구니없는 건, 멜로의 부모님이 현장에 도착하면 모든 게 금방 해결될 줄 알았는데 그분들이 아무리 설명해도 경찰관들이 저를 풀어 주려고 하지 않았다는 거예요. 테일러 씨(멜로의 아빠예요)가 우리 엄마에게 연락하겠다고 하니까, 경찰관들이 대뜸 못을 박더라고요. 체포 당시 제가 열일곱 살이라서 (조지아주 법에 따라) 성인으로 간주된다고요. 이를테면 엄마가 할 수 있는 일이 아무것도 없었던 거예요.

테일러 씨가 어쩔 수 없이 제 친구 SJ의 엄마에게 전화했어요. 그분은 변호사거든요. 프리드먼 부인이 도착해서 경찰관들의 얼굴에 대고 법적 근거를 마구 퍼부어 대며 한바탕 난리법석을 떨고 나서야 수갑을 풀어 줬어요. 그리고 마침내 동틀 무렵에야 저를 보내 주었어요.

몇 시간 만에요, 마틴.

저를 기숙사까지 태워다 주면서, 프리드먼 부인은 별말이 없었어요. 그저 저에게 양호실에 들러 부은 손목을 냉찜질할 아이스 팩을 받아 가라고 당부했어요. 엄마에게 전화로 그 일을 알렸더니, 아침에 당장 고소부터 하겠다고 했어요. 그게 과연 소용이 있을지 모르겠어요.

솔직히 저는 뭐가 어떻게 돌아가는지 어리둥절해요. 제가 이런 상황에 빠질 줄은 꿈에도 생각 못 했거든요. 셰마 카슨이라는 제 또래 흑인 남자애가…… 두 달 전에 네바다주에서 백인 경찰이 쏜 총에 맞아 죽었어요. 목격자가 전혀 없어서 자세한 상황은 알 길이 없지만, 분명한 사실은 그 경찰이 무장도 하지 않은 아이에게 총을 쏘았다는 거예요. 그것도 네 발이나. 더 수상쩍은 건, 법의관들의 부검에 따른 사망 추정 시각과 그 경찰이 보고한 사건 발생 시각 사이에 두 시간의 공백이 있었다는 거예요.

그 사건에 관해 저는 정말로 별 관심이 없었어요. 어젯밤에 직접 그런 일을 당하기 전까지는요. 서로 엇갈리는 정보가 많다 보니, 무엇을 믿어야 할지도 판단하기 어려워요. 그 애 가족과 친구들 말로는 셰마는 착한 아이였고, 대학 입학을 앞두고 있었고, 교회 청소년부 활동도 열심히 했대요. ……그런데 그 경찰의 주장은 셰마가 차량을 훔치려고 해서 붙잡았다는 거예요. 그 과정에서 몸싸움이 있었고(이것도 주장이에요), 경찰 발표에 따르면 그 경찰이 자신의 총을 낚아채려는 셰마를 쏘았으니 정당방위였대요.

저는 모르겠어요. 셰마 카슨의 사진을 몇 장 보았는데, 외모가 좀 폭력배처럼 보였어요. 어찌 보면, 저 자신은 그런 문제로 걱정할 필요가 전혀 없다고 생각했던 것 같아요. 셰마에 비하면, 저는 '위협적으로' 보이지 않으니까요. 그게 그러니까, 저는 바지를 엉덩이까지 내려 입지도, 몸집을 부풀리려고 엄청 큰 옷을 입지도 않거든요. 게다가 저는 학교도 좋은 데 다니고, 목표와 비전도 있고, 엄마가 즐겨 쓰는 말처럼 머리도 아주 좋아요.

예, 저는 우범 지역에서 자랐어요. 그렇지만 저는 제가 좋은 사람이라는 걸 알아요, 마틴. 제가 확실하게 훌륭한 사회 구성원이 된다면, 그곳 흑인 아이들이 감당해야 할 문제들로부터 벗어날 줄 알았거든요? 내 생각이 틀렸다는 걸 받아들이기가 너무 힘들어요.

지금은 오로지 '내가 흑인이 아니었다면 상황이 어떻게 달라졌을까?'라는 생각밖에 안 들어요. 그 경찰관이 처음에는 자신이 본 대로 판단할 수밖에 없었다는 건 아는데(아마도 조금 수상했을 테니까), 여태껏 그처럼 제 인격을 의심받은 적이 한 번도 없었어요.

어젯밤 사건이 저를 바꿔 놓았어요. 완전히 빡쳐서 말썽을 부리고 다닐 마음은 없지만, 그렇다고 계속 아무것도 잘못된 게 없다는 듯이 지내진 못할 것 같아요. 예, 알아요. '유색인 전용' 음수대도 없고, 차별이 위법 행위로 규정된 시대라는 거. 그러나 아무 잘못도 하지 않은 제가 꽉 조이는 수갑을 차고 콘크리트 바닥에 앉아 있었다는 것, 그건 분명 문제잖아요. 평등한 세상이라고들 하는데, 평등한 게 아니잖아요.

이제부터 더욱 관심을 기울일 거예요, 마틴. 문제를 제대로 보고 기록하는 일부터 시작해야겠어요. 그러면서 제가 무엇을 해야 할지 생각해 볼래요. 그것이 지금 제가 마틴에게 편지를 쓰고 있는 이유예요. 마틴은 훨씬 개같…… 그러니까 몇 시간 동안 수갑을 차고 앉아 있는 것보다 훨씬 몹쓸 일을 겪고도, 끝끝내 마틴만의 무기를 버리지 않았잖아요. …… 음, 물론 마틴에게 진짜 무기는 없었지만요.

저는 마틴처럼 살기 위해 노력하고 싶어요. 마틴이 했을 법한 행동을 하고 싶어요. 그 결과 제가 어떤 사람이 될지 보고 싶어요.

손목이 몹시 아파서, 이제 그만 써야겠네요. 제 얘기 끝까지 들어 주셔서 고맙습니다.

저스티스 매캘리스터 드림

2

저스티스는 매니의 전용 공간으로 꾸민 지하실에 들어가자마자 고급 가죽 소파에 털썩 앉는다. 그러고는 앞에 있는 커다란 오토만 스툴 위 게임패드를 집어 든다.

"야, 좀 괜찮냐?" 매니가 진동 게임패드의 버튼을 맹렬히 눌러 대면서 인사한다. 버튼을 누를 때마다 기관총 소리가 입체 음향으로 지하실을 가득 채운다. 총소리가 저스티스의 귀를 뚫고 들어가 머릿속에서 울려 퍼진다. 저스티스의 심장이 벌떡거린다. *따따따따따따따따따.*

저스티스가 침을 삼킨다. "응, 괜찮아."

"너도 게임할래? 아니면 다른 거 할까?"

매니의 아바타가 총탄이 떨어질 때마다 민첩하게 무기를 바꿔 가면서 적군을 공격한다.

수류탄: 쾅쾅

글록 26 권총: 탕탕탕

화염 방사기: 화르륵

바주카포: 콰르릉 쾅쾅

총기도 다양하다. 카스티요가 저스티스를 범죄자처럼 다루는 동안 손에 쥐고 있던 권총도 있다. 자칫 잘못했으면 저스티스는 셰마 카슨의 다음 차례가 될 수도 있었다.

저스티스가 몸서리친다. "저기, 우리 좀 덜…… 폭력적인 거 하는 건 어때?"

매니가 게임을 일시 정지하고, 친구를 돌아다본다.

"미안해." 저스티스가 고개를 숙인다. "지금은 도저히 총소리 같은 거 못 견디겠어."

매니가 손을 뻗어 힘내라는 듯 저스티스의 어깨를 꽉 잡는다. 그러더니 버튼을 몇 번 눌러 매든 NFL로 게임을 바꾼다. 다음 주에나 출시될 미식축구 게임 최신작이다.

저스티스가 고개를 가로젓는다. 매니가 부럽다. 자신도 이런 삶을 누릴 수 있다면 좋았을 텐데. 대형 금융회사의 부사장을 아버지로 두었다면.

두 사람은 각자 선수들을 뽑아 팀을 구성한다. 동전 던지기에서 이긴 매니가 선공을 택한다. 목청을 가다듬은 매니가 묻는다. "그 얘기 할까?"

저스티스가 한숨을 쉰다.

"네가 하겠다면…… 들어 주겠다는 뜻이야, 알지?"

"그래, 알아. 매니, 고마워. 아직도 그냥 어리벙벙해."

매니가 고개를 끄덕이고는, 저스티스 팀의 수비 라인맨을 스핀무브로 제치고 퍼스트다운을 따낸다. "손목은 좀 나았어?"

저스티스는 자신의 팔을 살펴보고 싶은 충동과 싸운다. 피부색이 아주 짙은 갈색이라 분간하기는 어렵지만, 일주일이 지났는데 아직까지 피멍이 있다.

이따금 그 피멍이 영영 가시지 않을 것 같은 생각도 든다.

"응, 이젠 괜찮아. 멜로가 괴상한 노르웨이산 연고를 줬어. 발 고린내와 민트 향이 뒤섞인 것처럼 냄새는 고약해도, 약효는 좋아." 매니 팀의 쿼터백이 수비 진영 깊숙이 롱패스를 하는데, 조금 짧다. 저스티스 팀의 프리 세이프티가 공을 가로챈다. "우리 어젯밤에 화해했어."

매니가 일시 정지 버튼을 누르고, 저스티스 쪽으로 얼굴을 돌린다.

"인마, 지금 그걸 말이라고 해?"

저스티스가 매니의 게임패드로 손을 뻗어 세모 버튼을 누르자 게임이 재개된다. 저스티스 팀의 쿼터백이 러닝백에게 공을 패스한다. 매니가 이글거리는 눈빛으로 저스티스의 옆얼굴을 뚫어져라 바라보느라 수비를 못 하는 사이, 저스티스 팀의 러닝백이 그대로 내달려 쉽게 터치다운을 한다.

킥까지 성공해서 1점을 더 따낸다.

매니가 다시 일시 정지 버튼을 누른다. "저스."

"그냥 넘어가라, 친구야."

"그냥 '넘어가라'고? 그 걸레 때문에 네가 '세 시간'이나 수갑을 차고 땅바닥에 꿇어앉아 있었는데, 그런 말이 나오냐?"

"내 여자 친구야. 걸레라고 부르지 마, 매니."

"걔 손이 다른 놈 바지 속에 손목까지 깊숙이 들어가 있는 걸 직접 본 사람이 누구였더라? 여보세요?"

"이번엔 달라." 저스티스가 다시 게임을 시작한다.

저스티스 팀이 킥오프를 하는데도 매니 팀 선수들은 꿈쩍하지 않는다. 방금 저스티스가 사람을 죽였다고 털어놓기라도 한 듯, 매니가 아직도 멍하니 친구 얼굴을 바라보고 있는 탓이다. "잠깐만." 매니가 게임을 중단하고 저스티스의 손이 닿지 않는 곳으로 자기 게임패드를 던져 버린다. "그러니까 이런 말이야? 걔가 차 안에 앉아서 그 경찰이 너한테 잔인하게 구는 걸 가만히 '지켜보기만' 했는데도……"

"그땐 멜로가 겁에 질려 있었어."

"어처구니가 없다, 저스."

"됐어." 저스티스는 대형 평면 화면 속 공중에 얼어붙어 있는 공을 물끄러미 바라본다. 이매뉴얼 "매니" 리버스는 저스티스와 처지가 다르다. 학교 야구부 주장인 데다 저스티스가 아는 남자애들 중에서 손꼽히는 미남이라서 따라다니는 여자애가 수두룩하다. 게다가 저스티스에게 없는 것을 많이 가졌다. 수십억 원의 연봉을 받는 부모님, 지하실을 근사하게 꾸민 전용 공간, 끝내주는 SUV 자가용, 미친 자신감…….

저스티스가 가진 건? 학교에서 가장 인기가 많은 여자애뿐
이다.

"너한테 이해받고 싶은 생각 없어, 매니. 여자애들을 훌렁
훌렁 갈아입는 속옷처럼 대하는 녀석한테 뭘 바라겠어. 그런
녀석이 진정한 사랑을 알겠냐고. 불알을 걷어차이는 게 진정한
사랑이라면 몰라도."

"일단, 진정으로 사랑하는 여자애가 내 불알을 걷어찰 리
없어. 멜로야말로 비유적으로 얼마나 많이 네 불알을 걷어찼는
지……"

"닥쳐."

매니가 머리를 절레절레 흔든다. "친구야, 이런 말 하기는
싫지만 너랑 멜로는 '상극' 관계야."

"야 인마, 그건 이상한 여자애들이나 떠벌리는 헛소리 같다."

"너도 알다시피 우리 엄마가 심리학자잖아. 너 말이야, 공
의존*인가 뭔가 하는 증후군에 걸렸어. 그게 뭔지 꼭 찾아봐."

"네, 네. 감사합니다, 닥터 필**."

"나는 심각해, 저스. 지금 내 심정이 어떤 줄 알아? 네 얼굴

---

* 자신의 욕구와 감정을 억누르고, 가족이나 연인 등 타인의 욕구 충족이나 문제 해결에 집착
  하는 심리로 일종의 관계 중독 증상이다. 흔히 자기희생이 상대방을 구원하는 행위라고 착
  각한다.
** Dr. Phil. 동명의 텔레비전 토크쇼를 진행하는 인간관계 및 인생 상담 전문가 필 맥그로.

조차 똑바로 못 보겠어. 네가 하고 있는 짓? 헤어졌다가 매번 멜로에게 되돌아가는 그 짓? 신물이 난다고."

"야, 닥치고 게임이나 해."

어느 틈에 내려왔는지 매니의 엄마가 계단 발치에 서 있다.

"안녕하세요, 리버스 박사님." 저스티스가 인사하며, 일어나서 포옹을 한다.

"그래, 우리 저스. 잘 지내니?"

"예, 박사님."

"자고 갈 거지? 저녁 식사 금방 준비될 거야. 치킨 카차토레*." 매니의 엄마가 눈을 찡긋해 보인다.

"이야, 그거 제가 제일 좋아하는 음식이잖아요."

"아이 씨. 엄마, 내가 제일 좋아하는 건 왜 한 번도 안 만들어 주는데요?"

"'한 번도'라니. 말은 똑바로 해야지, 이매뉴얼. 그 이유는 비밀이야."

"삐지지 마라, 매니. 그건 박사님이 너보다 나를 더 좋아하시기 때문이니까."

"시끄러워, 바보야."

그때 리버스 박사의 휴대폰이 울린다. "네, 티파니 리버스입니다." 박사가 여전히 미소 띤 얼굴로 두 소년을 바라보면서

• 　사냥꾼들이 간단히 만들어 먹던 음식에서 비롯된 이탈리아식 닭 요리.

전화를 받는다.

그 미소가 금방 사라진다. 전화를 걸어 온 사람이 누구든 간에, 박사의 표정으로 보건대 분명 좋은 소식은 아니다.

통화가 끝나자, 리버스 박사가 손으로 가슴을 누른다.

"엄마? 괜찮아요?"

"이모 전화야. 네 사촌이 체포됐대."

매니의 눈이 휘둥그레진다. "이번엔 또 무슨 짓을 저질렀는데요?"

리버스 박사가 저스티스에게 눈을 돌렸다가 다시 매니를 본다. "살인죄로 기소됐대."

매니의 입이 떡 벌어진다.

"경찰을 죽였다나 봐."

3

저스티스는 화요일에 있는 사회진화학 수업을 받으러 교실에 들어서면서도 마음이 복잡하다. 한 가지는 셰마 카슨 사건 때문이다. 어제 네바다주 대배심이 셰마를 살해한 경찰에 대하여 불기소 결정을 내렸다. 체포당하는 일을 직접 겪은 이후로, 시간이 날 때마다 관련 소식을 꾸준히 챙겨 보았는데 그냥 그렇게…… 끝나 버렸다.

또 한 가지는 자신의 체포와 관련된 일 때문이다. 이것도 어제 알게 된 사실인데, 매니의 사촌이 죽었다고 자백한 그 경찰이 다름 아닌 토머스 카스티요란다.

저스티스가 아직도 충격에서 벗어나지 못하는 건 그 매니의 사촌이, 자신도 '아는' 사람이기 때문이다. 이름은 콴 뱅크스이고, 자기네 집 근처에서 산다. 나이는 저스티스보다 한 살 어리다. 거리에 불이 켜질 때까지 바깥에서 뛰노는 일이 전부였던 시절에 함께 어울려 놀기도 했다. 콴도 저스티스처럼, 초등학교 3학년 때 우등생으로 뽑혀 특별 수업을 받았다. 그런데 초등학교를 졸업하고 나서 콴은 별로 좋지 않은 아이들과 어울려 다니기 시작했다. 저스티스가 브래셸턴 사립 고등학교에 입학할 예정이라는 사실을 알게 된 콴이 자기 사촌도 거기에 다닐 거라는 얘기를 했었다. 그러나 그 사촌이 매니일 줄은 미처 몰랐다. 그리고 지금 콴은 수감 중이다.

그 생각이 저스티스의 머리에서 영 떠나질 않는다.

그래, 카스티요가 죽일 놈인 것은 맞다. 그러나 정말로 그자를 죽여야 마땅했을까? 그럼 콴은 어떻게 되는 거지? 만약 사형 선고를 받으면 어쩌지?

그런데 만약 카스티요가 저스티스를 죽였다면? 살인죄로 기소되기는 했을까?

"잠깐 나 좀 보자, 저스." 저스티스가 의자 옆에 책가방을 내려놓는데 닥이 부른다. 재리어스 "닥" 드레이 박사는 사회진화학 담당 교사이자, 토론부 지도 교사이다. 저스티스가 브래셸턴 사립 고등학교에서 가장 좋아하는 선생님이기도 하다. 자신이 알고 있는 흑인 (혼혈) 남성 가운데 유일한 박사 학위자인 그를, 저스티스는 진심으로 존경한다. "어때, 좀 견딜 만하니?"

"많이 좋아졌어요, 선생님."

닥은 고개를 끄덕이며 초록 눈을 가늘게 좁힌다. "아무리 생각해도, 너한테 미리 알려 주는 게 좋겠더라. 오늘 토론 내용이 네 신경을 건드릴 수 있어. 너는 수업이 끝날 때까지 가만히 앉아 있어도 돼. 정 안 되겠다 싶으면 도중에 나가도 괜찮고."

"알겠습니다."

바로 그때, 매니가 재러드 크리스텐슨을 뒤에 달고 교실로 들어온다. 저스티스는 재러드를 그다지 좋아하지 않는다. 매니의 다른 친구들도 마찬가지다. 그러나 매니와는 워낙 유치원 때부터 친하게 지내 온 사이라, 저스티스는 그런 속마음을 내비치지 않으려고 애쓴다.

"무슨 일이에요, 선생님?" 재러드가 교실을 가로질러 자기 자리로 가면서 시끄럽게 소리친다.

"어휴, 재러드. 일단 아무 데나 앉기나 해." 이 목소리의 주인공은 세라제인 프리드먼일 것이다. 라크로스부 주장이자 수석 졸업 예정자이며 10학년 때부터 저스티스의 토론 짝꿍인 세라제인.

"어머머, SJ. 나도 너 사랑해."

세라제인이 재러드를 노려보면서 손가락을 입에 넣고 웩웩 토하는 시늉을 한다. 그러자 저스티스가 웃음을 터뜨린다.

나머지 학생들이 하나둘씩 들어온다. 수업 시작종이 울린다. 닥이 곧바로 교실 문을 닫고 손뼉을 치는 것으로 수업 시작을 알린다.

교사   안녕하세요, 여러분.

학생들	(여기저기서 투덜거리거나, 손을 흔들거나, 고개를 꾸벅한다.)
교사	시작해 볼까요? 오늘의 토론 주제는…….

(닥이 노트북 자판을 몇 번 두드리자, '모든 사람은 평등하게 창조되었다'라는 글귀가 전자 칠판에 뜬다.)

교사	이 글의 출처를 아는 사람 있나요?
재러드	1776년 7월 4일에 채택된 미국 독립 선언문이요. (의기양양하게 미소를 지으며 팔짱을 낀다.)
교사	맞아요, 크리스텐슨 군. 13개 중 12개 식민지가 대영 제국과 모든 관계를 끊는 데 찬성투표를 했어요. 그에 따라 오늘날 미국 독립 선언문으로 알려진 문서가 작성된 겁니다. 그리고 그 문서에서 오늘날까지 가장 많이 인용되는 대목 가운데 하나가 바로 지금 전자 칠판에 보이는 글귀입니다.
학생 일동	(고개를 끄덕거린다.)
교사	자, 이제 우리의 21세기 지성을 발휘해 봅시다. 역사적 맥락에서 저 인용문을 살펴보면 썩 맞지 않는 부분이 있어요. 그게 무엇인지 누가 설명해 볼까요?
학생 일동	(갑자기 조용해진다.)
교사	이런, 자자, 여러분. 인간이 타고난 '평등'을 선언한

바로 그 사람들에 관해 특별히 이상한 점을 발견하지 못했나요?

세라제인 음, 원주민들을 학살했고 노예를 소유했던 사람들과 동일 인물들이었습니다.

교사 맞아요, 그랬어요.

재러드 하지만 그때는 다른 세상이었잖아요. 노예도 인디언 도……

저스티스 혹시나 부족 이름을 모른다면, 아메리카 원주민 또는 아메리칸 인디언이라고 해.

재러드 됐고. 내 요지는 실제로는 둘 다 '인간'으로 간주되지 않았다는 거야.

교사 내가 하려던 말이 바로 그겁니다, 크리스텐슨 군. 자, 이제 질문입니다. 1776년부터 현재까지 저 인용문을 적용할 때 우리 사회의 진화 양상을 알려 주는 뚜렷한 변화는 무엇일까요?

(닥이 전자 칠판의 인용문 밑에 그 질문을 추가하는 동안 긴 침묵이 이어진다. 닥이 둘러앉은 아이들 쪽으로 가서 자기 의자를 끌어내는 소리에 비로소 침묵이 깨진다.)

재러드 흐음, 그 인용문을 현재에 적용할 때 한 가지 변화는 아프리카계 후손들이 분명하게 포함된다는 점입니다. '원주민 아메리칸 인디언들'도 마찬가지고요.

저스티스   (이를 악문다.)

재러드   여자들도요! 원래는 제외되었지만, 지금은 여자들에게도 훨씬 평등한 세상이니까요.

세라제인   (코웃음을 치며) 평등하려면 아직 멀었어.

교사   자세히 설명해 볼까요, 프리드먼 양?

세라제인   간단합니다. 여자들은 아직도 남자들과 똑같은 대우를 받지 못하잖아요. 특히 남자들에게.

재러드   (눈을 이리저리 굴린다.)

교사   맞아요. 그래서 여권운동을 하죠. 여러분이 생각할 때, 우리 사회가 평등 기대치에 훨씬 미치지 못한 또 다른 분야가 있나요?

학생 일동   ……

교사   시사 문제로 간주하고 자유롭게 이야기해도 됩니다.

세라제인   선생님은 변호사가 되셨다면 형편없었을 거예요.

학생 일동   (조마조마하게 웃는다.)

교사   내 말뜻을 여러분 모두 이해한다는 걸 '알아요'.

매니   그게, 우리도 알긴 아는데요……. 그런데 꼭 그 문제를 건드리고 싶으세요?

교사   여러분, 이 학교의 자랑거리는 열린 대화 수업이에요. 그러니까 어디 한번 들어 보죠.

학생 일동   ……

교사	그렇다면, 직설적으로 다시 말하겠습니다. 여러분은 어떤가요? 우리 사회가 인종과 관련하여 완전한 '평등'을 이루었다고 느끼나요?
학생 일동	…….
교사	자자, 여러분. 여기는 안전한 공간이에요. 오늘 이 자리에서 나온 말은 단 한 마디도 이 교실에서 새어 나가지 못해요.
재러드	알겠습니다, 그럼 저부터 뛰어들어 볼게요. 저는, 그렇다고 봅니다. 즉 인종과 관련하여 우리 사회는 완전한 평등을 이루었다고 생각합니다.
교사	자세히 설명해 주면 좋겠군요.
재러드	흠, 이 나라에서 태어난 사람은 누구든 완전한 권리를 가진 시민입니다. 인종에 관한 한 뭔가 '불공정하다'고 주장하는 사람들이 있는데, 제가 볼 땐 그들은 그냥 분열을 조장할 뿐입니다.
저스티스	(숨을 깊이 들이마시며 손목을 문지른다.)
재러드	미국은 이제 인종 편견이 거의 없는 사회입니다.
세라제인	'너'라면 당연히 그렇게 말하겠지.
매니	아, 제발.
세라제인	나는 매번 놀라운 게, 너처럼 현실을 깨닫지 못하고 특권 의식에 빠진 멍청이들……
교사	세라제인!

세라제인 사과할게. 내 말은 그냥…… 너는 네가 속한 작은 사
         회집단 바깥에 있는 사람들의 투쟁은 완전히 망각하
         고 있다는 거야.

재러드   아, 됐고요.

세라제인 진지하게 들어 봐. 경제적 불평등은? 빈곤층 비율로
         볼 때, 백인보다 유색인이 훨씬 많다는 사실은? 너
         이런 문제들에 관해 생각이나 해 봤니?

재러드   야, 매니 자가용은 레인지로버야.

매니   그게 지금 무슨 상관이 있어?

재러드   싸우자는 거 아냐, 매니. 네 부모님 수입이 우리 부
         모님보다 훨씬 많다는 얘기를 하는 것뿐이라고.

매니   알겠어. 우리 부모님은 정말 열심히 일해서 지금 자
         리까지 오르신 거야. 그러니까……

재러드   그걸 부정하는 게 아니야. 도리어 방금 네가 한 말이
         내 주장이 맞다는 증거라고. 이 나라에서는 흑인
         도 백인과 똑같은 기회를 보장받아. 열심히 일할 의
         지만 있다면 말이지. 매니네 부모님이 완벽한 사례
         라고.

세라제인 그래? 너 정말로 한 가지 사례가 우리 사회의 평등
         을 증명한다고 생각해? 저스티스는? 쟤네 어머니는
         주 60시간을 일하시는데, 수입은 네 부모님의 10분
         의 1밖에……

저스티스   SJ, 그 얘긴 그만둬.

세라제인   미안해, 저스. 내 말은 매니네 부모님은 예외라는 거야. 재러드, 너 우리 학교 전교생 가운데 흑인은 고작 여덟 명뿐이라는 사실도 여태 몰랐니?

재러드   뭐, 그거야 매니네 부모님 같은 사람이 훨씬 많다면, 달라졌을 수도 있는 문제지.

저스티스   (또다시 숨을 깊이 들이쉰다.)

세라제인   아하, 알겠어……. 그러니까 네 말은 아무리 힘들어도 본인 스스로 그저 열심히 뛰어야 한다는 거네?

재러드   바로 그거야.

세라제인   그러려면, 하다못해 신발이라도 살 만한 여유는 있어야지.

매니   이런, SJ 승.

재러드   됐고. 복지 수당 대상자 중에도 에어조던을 신고 거리를 활보하는 사람들이 있어. 어디선가 비싼 운동화를 살 돈이 나온다는 얘기지. 그건 그렇고 SJ, 너거만 좀 떨지 마. 노예를 소유했던 조상을 둔 건 너나 나나 마찬가지니까.

세라제인   틀렸어, 등신아……

교사   프리드먼 양…….

세라제인   죄송합니다, 선생님. 조금 전에 하려다 못 한 말인데요, 저희 증조할아버지와 증조할머니는 폴란드 사람인데 헤움노에서 가까스로 탈출한 뒤에 이 나라로 이주하셨어요.

재러드   뭔 말이야?

세라제인   헤움노는 죽음의 나치 수용소였어. 그리고 넌 방금 내 주장을 증명해 줬어. 네가 컨트리클럽 골프장 너머에 있는 세상을 기꺼이 보려고만 했어도 그따위 멍청한 소리는 내뱉지 않았을 테니까.

교사   그 얘긴 그만 정리해, SJ.

재러드   참고로 말하자면, 매니네 부모님이 컨트리클럽 회원이 된 건 여기 우리들 부모님보다 훨씬 더 오래됐어.

매니   야, 너!

재러드   그냥 그렇다고, 인마.

세라제인   으이구. 재러드, 바로 너 같은 사람들이 손에 넣고 주물럭대니까 나라가 이 모양 이 꼴이 된 거야.

저스티스   (키득거린다.)

재러드   아무튼, 미국 헌법을 잘 모르는 사람들을 생각해서 덧붙이자면, 수정헌법 14조 덕분에 이 나라에서는 누구나 생명권, 자유권, 행복추구권을 누릴⋯⋯

세라제인   개소리.

교사   SJ!

세라제인   제 말이 맞잖아요!

저스티스   열 올리지 말고 진정해, SJ.

세라제인   진심이니?

저스티스   그래, 진심이야.

세라제인   다른 사람은 다 몰라도 '너만큼은' 내가 옳다는 걸
           알면서……

저스티스   이 토론에서 나는 빼 줘.

세라제인   그래, 좋아. 요컨대 내 얘기는 미국 독립 선언문이
           비준된 지 '200년'이 넘었는데도, 아프리카계 미국
           인들은 여전히 부당한 대우를 받고 있다는 거야.

재러드   누굴 바보로 아나.

세라제인   어휴. 너는 뉴스도 안 봐? 혹시 셰마 카슨이라는 이
           름을 들어 본 기억은 있어?

재러드   아, 드디어 올 것이 왔군. 흑인을 죽인 백인이라고
           해서 모두가 범죄자는 아니야. 어제 법정에서 아주
           확실하게 증명해 줬잖아.

세라제인   어제 법정에서 '증명해 준' 거라곤 백인은 무장하지
           않은 십대 청소년을 죽일 수 있고, 만일 그 청소년이
           흑인이라면 처벌조차 받지 않는다는 사실뿐이야.

교사   추측은 금물이야, SJ. 그 정도는 알아야지. 너희 둘은
           이제부터 살얼음 밟듯이 조심해야 할 거야.

재러드   야, 그 앤 경찰을 공격하고 총을 뺏으려고 했어. 게
           다가 '전과 기록'까지 있다고.

저스티스   잠깐만, 공격했다는 건 '주장'이었어. 목격자가 전혀

	없었……
재러드	너는 이 토론에서 빠지기로 한 거 아냐?
교사	말조심하세요, 크리스텐슨 군.
재러드	그건 제 말이 아니라, 본인 입으로 그랬잖아요.
저스티스	(이를 악문다.)
세라제인	정보를 소셜 미디어에서 얻을 게 아니라 네가 직접 그 사건에 관해 찾아보았다면……
재러드	그러면 전에도 체포된 적이 있다는 사실이 바뀌나? 잘못한 게 없으면 체포되는 일도 없지. 한마디로, 그 앤 범죄자였어.
세라제인	기소 내용은 대마초를 소지한 경범죄였어. 그건 공개되는 거니까 너도 조회할 수 있어.
재러드	그래서? 죄를 지으면 마땅히 벌을 받아야지.
세라제인	재러드, 너도 이틀 전에 소량의 '대마초'를 샀으니까……
교사	징계 사유서 작성할 일 만들지 마라, SJ.
세라제인	제 눈으로 직접 봤는걸요, 선생님!
재러드	너든 누구든 내가 내 돈으로 뭘 하건 뭔 상관인데?
저스티스	(코웃음을 치며) 내 말이 그 말이야. 그런데 셰마가 자기 돈으로 했던 일은 모두가 상관했어, 맞지?
교사	모두들 주제로 돌아가는 게 좋겠다. 징계 사유서 발부하기 전에.

세라제인 내 요지는 네가 같은 범죄를 저지르는 걸 내 눈으로 '보았다'는 거야. 네가 언급했던 셰마 카슨의 그 '전과 기록'에 적혀 있는 것과 똑같은 범죄를.

재러드 됐다, 됐어.

세라제인 너는 혜택을 누리는 쪽이니까 무시하는 게 더 좋겠지. 그렇지만 무턱대고 외면한다고 해서 엄연히 존재하는 불평등이 사라지진 않아, 재러드. 인종만 다를 뿐, 거의 모든 면에서 너와 매니는 평등하고 둘이 똑같은 범죄를 저지를 수 있어. 그래도 너보다 매니가 훨씬 가혹한 처벌을 받을 거야. 그건 거의 확실해.

매니 왜 자꾸 나를 끌고 들어가지?

재러드 그거야 뻔하지. 네가 흑인이기 때문일걸?

학생 일동 (낄낄거린다.)

세라제인 숫자는 거짓말을 하지 않는다잖아.

저스티스 (또다시 손목을 문지른다.)

재러드 그래그래. 우리 모두 알지. 네 엄마가 대단한 변호사라는 거. 네가 사실 정보를 모옹땅 다 갖고 있다는 거.

세라제인 멋대로 왜곡하는 건 괜찮아. 하지만 똑같은 범죄를 저지르면 너는 무사해도 매니는 절대로 무사하지 못할 거라는 점은 부정할 수 없을 거야.

매니 내가 맹세코 이름을 바꾸고 만다.

재러드 내가 무사하다면 그건 아마 붙잡힐 만큼 멍청하지 않아서겠지.

저스티스   이야!

세라제인   그건 네가 백인이기 때문이야, 돌대가리야.

교사   세라제이이이이인…….

재러드   너, 요즘 거울을 보긴 봤냐? 너도 나랑 똑같은 백인
이야.

세라제인   그럼, 잘 알지. 내가 백인이라는 것도, 그 때문에 얼
마나 큰 혜택을 누리고 사는지도.

재러드   그래? 나한테는 무조건 '백인 잘못'으로 몰아가는
시류에 편승하고 있다는 말처럼 들리는걸?

저스티스   (손마디를 우두둑 꺾으면서 고개를 가로젓는다.)

세라제인   됐다, 됐어. 내 결론은, '너랑 나'를 보면서 자동적으
로 나쁜 짓을 저지를 아이들이라고 생각할 사람은
아무도 없다는 거야.

학생 일동   …….

세라제인   우리 백인들은 사람으로 보이기 이전에 범죄자로 보
이는 일은 결코 없을 거라고.

학생 일동   …….

저스티스   저 화장실에 다녀올게요. (자리에서 일어나 교실을
나간다.)

4

브래셀턴 사립 고등학교의 졸업반 휴게실에는 레스토랑처럼 칸막이가 설치되어 있다. 그 때문에 재러드와 매니가 '한패'인 카일 버클리, 타일러 클렙, 블레이크 벤슨과 함께 휴게실에 들어왔을 때, 뒤편 칸막이 좌석에 앉아 있는 저스티스를 발견하지 못한다.

아니나 다를까, 재러드는 '한 마디도 누설해서는 안 된다'는 교사의 암묵적 지시를 무시한다. 게다가 휴게실에 자기네끼리만 있는 줄로 철석같이 믿었는지, 모두 자리에 앉기가 무섭게 재러드가 굳이 목소리를 낮출 생각도 없이 포문을 연다.

재러드　　그 인간 말이 믿기냐? 무슨 선생이 밀레니얼 세대 학생들만 있는 교실에서 뻔뻔하게 인종 불평등을 들먹이지?

카일	정말? 그런 헛소리를 지껄였어?
재러드	나 지금 농담할 기분 아니야. 교장이 그 인간 모가지를 잘라야 돼. 학교에 항의 전화를 해 달라고 아버지한테 부탁할까 진지하게 생각 중이야.
타일러	죽인다, 너.
재러드	SJ가 대뜸 덤벼든 것도 당연하지. 자기 엄마가 온갖 폭력배들을 줄기차게 변호해 대니까 걔도 회까닥했나 봐.
블레이크, 카일, 타일러	(웃음을 터뜨린다.)
매니	(뒤늦게 웃는다.)
재러드	저스티스한테 따먹히고 싶은 모양이야.
카일	흠, 너도 절대 못 한 걸 보면……
재러드	닥쳐. 우리가 사귄 건 8학년 때잖아.
블레이크	너 아직도 걔랑 완전 하고 싶잖아.
카일	그래도 이젠 너무 늦었지……. 만약 저스티스가 경쟁자라면, 인마, 넌 망한 거야. '흑인이랑 한번 잔 여자는……' 맞지, 매니?
매니	(콧방귀를 뀐다.)
타일러	SJ도 참 안됐다. 저스티스는 멜로 테일러한테 그야말로, 손발이 꽁꽁 묶여 있는데.
재러드	내가 도무지 모르겠는 게 그거야. 멜로 테일러처럼 인기 많은 애가 맥도널드 해피밀도 못 사 주는 녀석

한테서 대체 뭘 본 걸까?

매니　　　아무래도 돈하고는 상관없는 일이니까.

재러드　　……라고 레인지로버를 몰고 다니는 놈께서 말씀하
　　　　　십니다.

블레이크, 카일, 타일러　　　(큰 소리로 웃는다.)

매니　　　야, 인마. 너 오늘 왜 그러냐?

재러드　　요즘 같은 시대에 아프리카계 미국인들이 여전히
　　　　　'매우 힘들게' 산다고 주장하는 사람들을 보면 그냥
　　　　　신물이 나. SJ가 뭐라고 하든 나는 신경 안 써, 매니.
　　　　　지금은 평등한 세상이라는 사실을 보여 주는 완벽한
　　　　　증거가 네 부모님이잖아.

블레이크　그럼그럼.

재러드　　바로 지금, 바로 여기, 조지아주의 붉은 언덕에서,
　　　　　예전 노예들의 자손 한 명과 예전 노예 소유주들의
　　　　　자손들이 한자리에 모여 형제애를 나누고 있잖아.
　　　　　그 꿈은 실현되었다고!

타일러　　와, 존나 시적인걸?

매니　　　「나에게는 꿈이 있습니다」라는 연설문에 나오는 구
　　　　　절이야.

재러드　　기억나냐? 우리 8학년 문화유산 연극제 때, 나 그거
　　　　　외우느라고 뒈질 뻔했잖아.

블레이크　그래, 맞다! 여기 있는 토큰 블랙*이 병이 났던가 그

랬지?

재러드 그랬어.

카일 그 역할에 맞는 사람은 오직 너밖에 없었는데 말이야, 매니.

매니 닥쳐, 바보야.

재러드 그때 외웠던 연설 전문이 아직도 기억나.

매니 그건 전문이 아니었어.

재러드 어쨌든. 가장 중요한 부분이었잖아. 지금도 빠짐없이 기억하고 있다고. 내 얼굴에 갈색 분장을 해 주고 이것저것 꾸며 준 것까지.

블레이크 나도 기억나. 너 그때 완전 기립박수 받았잖아!

카일 그렇네, 이제 정말로 평등한 세상이 된 거네. 백인 아이가 연극에서 유명한 흑인 남자 역할을 맡아도, 아무 문제가 없잖아.

재러드 그러게 말이야! 여기는 인종 편견이 없는 사회이고, 내 형제들…… 아니, 사람들은 피부색이 아니라 인격으로 평가받는 사회라고.

카일 맞아. 나도 너를 전혀 흑인으로 보지 않잖아, 매니!

- Token Black (Guy). 인종 차별을 하지 않는다는 것을 보여 주기 위해 눈가림용으로 뽑은 흑인. 마틴 루서 킹은 그러한 토크니즘 관행에 대해 미국 주류 사회에 최소한의 흑인을 받아들인 행위라고 비판했다.

(그 말에 매니가 소리 내어 웃는다. 그러나 저스티스가 듣기엔 마음에 없는 웃음 같다. 저스티스는 저 말을 듣고 수갑을 채우던 사람들을 떠올리는데……. 저기 있는 멍청이들은 몰라도, 경찰들은 매니를 흑인으로 보리라는 것을 저스티스는 너무나도 잘 알고 있다.)

재러드　　형제들아, 우리 이 페리에 탄산수로 건배하자. '평등'을 위하여!

블레이크　평등을 위하여!

타일러　　평등을 위하여!

카일　　　좋다 좋아, 평등을 위하여!

재러드　　매니, 너도 같이 해야지?

일동　　　…….

매니　　　그럼, 당연하지. 평등을 위하여!

쨍그랑!

9월 18일

마틴에게

충동적으로 집에 갔다가 지금 막 학교로 돌아왔어요. 책상 위에 온갖 신분증을 다 올려놓고 영영 돌아오지 않으려고 작정했었거든요.(극단적인 행동이었다는 거, 저도 알아요.)

집에 들어갔더니 엄마가 소파에 웅크리고 앉아 『스텔라가 잃어버린 자신을 되찾은 방법』(How Stella Got Her Groove Back)이라는 소설책에 코를 박고 있었어요. 저를 교육시키는 일이라면 무엇이든 열심이었던 엄마를 보자마자, 밤이 깊어지기 전에 학교로 돌아가는 버스를 타고 있겠구나 싶었어요.

"웬일이야, 아들? 내일 수업 있는 날인데." 이것이 엄마의 첫마디였어요.(책에서 눈도 떼지 않은 채로 말예요.)

"사랑하는 늙은 엄마가 보고 싶을 때 집에 들르는 것도 안 돼요?"

"누구더러 늙었대?"

그 말에 제가 소리 내어 웃었어요.

"진짜 무슨 일인지 말해 봐." 엄마가 책을 덮어 옆에 내려놓았어요.

저는 한숨을 쉬면서 가방을 내려놓았죠. "그냥 지난 몇 주 동안 힘들어서 왔어요."

"이리 와서 앉아."

솔직히 말하면 정말이지 그러고 싶지 않았어요. 앉으라는 건 '털어놓으라'는 엄마의 암호니까요. 죽으면 죽었지 도망치고 싶었던 그 일들에 관해 말하기 싫었어요. 그런데 엄마는 엄마라서, 게다가 무슨 초능력이라도 있는지, 제 마음속에 있는 것들을 다 끌어냈어요. "그 경찰이 수갑 채웠던 일 때문이야?"

저는 엄마 옆에 털썩 앉았어요. "대충 비슷해요. 상황이 얼마나 더 나빠질 수 있을까 하는 생각이 머릿속에서 떠나지 않아요."

"카슨 사건이 불기소 처분으로 끝나서 충격 먹었구나?"

"네. 오늘 수업 시간에 토론을 했는데…… 잘 모르겠어요, 엄마. 제가 지금 하고 있는 모든 것들이 승산 없는 싸움처럼 느껴져요."

엄마가 고개를 끄덕거렸어요. "흑인으로 사는 게 힘들지?"

저는 어깨를 으쓱해 보였어요. "그렇게 볼 수도 있긴 한데, 지금은 온통 저에게 딱 어울리는 곳을 못 찾을 것 같다는 생각뿐이에요. 특히 그 학교에서는요."

"흐음."

"그냥 뭐랄까…… 거의 4년을 지냈는데도, 여전히 그 고등학교 학생이 아닌 것 같아요. 그런 기분 아세요? 오늘 독립 선언문에 관한 토론을 했는데, 어떻게 셰마 카슨은 누구에게든 '양도할 수 없는 권리'를 정면으로 부정당했을까 하는 생각밖에 안 들었어요. 그래서 너무너무 괴로웠어요."

"그랬을 테지."

"수업이 끝나고 방에 돌아와서 계산해 봤더니, 독립 선언문 비준 때부터 짐 크로 법*이 모두 철폐될 때까지 192년이 걸렸더라고요. 지금은 21세기하고도 10년이 더 넘었는데, 나와 비슷한 사람들이 아직도 억울한 일을 당한다는 사실을 저는 몸소 겪어서 알잖아요."

엄마가 고개를 끄덕거렸어요. "으흠?"

"제가 아무런 이유 없이 수갑을 찼던 날 이후에, 부잣집 백인 아이들이 법을 어기는 걸 자랑스럽게 떠벌리는 것을 듣고 있자니…… 무지무지 힘들었어요, 엄마. 제가 무엇을 하든, 이기지 못할 것 같아요."

그때 엄마가 팔짱을 끼고 턱을 치켜들었어요. 그제야 엄마한테 눈곱만큼도 동정받지 못할 거란 걸 깨달았어요. "그래서 어떻게 하려고? 도망치게?"

한숨이 나오더라고요. "모르겠어요, 엄마."

"집에 돌아오면 네 문제가 해결될 것 같니?"

---

*   인종 분리를 법으로 규정한 인종 차별법의 총칭. 남북전쟁 직후 19세기 말부터 시행되어 흑인 민권운동 이후 1968년에 폐지되었으나, 실제로 차별은 사라지지 않았다. 이 차별법으로 인해 흑인들은 오랫동안 경제적, 교육적, 사회적으로 불이익을 당했다.

"적어도 그 투쟁을 아는 사람들 곁에 있겠죠."

엄마가 코웃음 쳤어요. "아들, 벌떡 일어나서 당장 학교로 돌아가."

"하지만 엄마……"

"그놈의 하지만 엄마 소리 듣기 싫다, 저스티스."

"저는 그곳에 안 맞는다고요, 엄마."

"너 어렸을 때부터 엄마가 뭐랬니. 이 세상에서 네가 있을 자리는 너 스스로 만들어야 한다고 했잖니. 엄마가 심심풀이 삼아 하는 말인 줄 알았어?"

저는 또다시 한숨을 쉬었어요.

"여태껏 네가 그곳에 맞지 않을지 모른다고 생각한 거야? 역사를 만드는 사람들 중에 그런 생각을 하는 사람은 찾기 힘들어."

"어휴, 결론은 또 '역사 만드는' 얘기네요."

"잘 가라, 저스티스. 나는 널 상황이 어려울 때 꽁무니 빼는 사람으로 키우지 않았다. 당장 가." 엄마가 책을 집어 들었어요.

"에이 참, 포옹도 못 하고요? 밥은요?"

"부엌이 어딘지 알잖아. 포옹은 나갈 때 해 주마."

제가 어떤 사람을 상대하는지 알겠죠, 마틴?

학교로 돌아가는 길에, 번뜩 엄마가 옳다는 사실을 깨닫고 엄청 충격 먹었어요. 아닌 게 아니라 제가 도망갈 곳이 없더라고요. 내가 체포당한 일, 카스티요 경관의 죽음, 셰마 카슨 사건, 매일같이 그 멍청한 재러드 패거리를 상대하는 일 등을 힘겹게 감당하면서 좌절하지 않은 날이 없었어요. 그런데 아무리 생각해 보아도, 정말로 꿋꿋이 버텨 내는 것 말고는 뾰족한 대안이 없네요. 그렇죠?

오늘 제가 가장 견디기 힘들었던 건, 본의 아니게 휴게실에서 매니가 그 멍청이들 말에 맞장구치는 걸 엿들은 일이었어요. 매니의 속마음은 다르다는 걸 알아챌 수 있었어요. 그건 인정하는데…….

그래 봤자죠.

솔직히 매니가 걔네랑 보내는 시간이 너무 많다는 게 때로는 무척 괴로워요. 아주 오랫동안 가까이 지내 온 사이라는 것도 알고, 제가 상관할 일이 아니라는 것도 알아요. 그래도 내 소중한 친구가 우리 흑인들을 대놓고 무시하는 녀석들과 어울리는 걸 보는 게 힘들어요.(누가 재러드 얼굴에 흑인 분장을 해 준 걸까요?!) 그리고 또, 매니는 왜 듣고만 있는 걸까요? 매니는 아무렇지 않을 수도 있을 것 같긴 해요. 그래도 내가 어떤 일을 겪었는지 빤히 '알면서' 요즘은 평등하다는 말에 동의하다니…… 음, 사실 좀 화가 치밀어요.

오늘 마틴이 제 입장이었다면, 과연 어떻게 했을지 곰곰 생각해 봤어요. 마틴이 살던 세상에서는 흑인들이 평등권 투쟁을 하다가 소방 호스로 쏘아 대는 물대포를 맞았고, 폭행도 당했고, 교도소에 갇히기도 했다는 거 알아요. 그런데도 마틴은 용케 뭐랄까, 품위나 존엄성 같은 걸 지켰잖아요.

어떻게 그럴 수 있었어요, 마틴? 저는 어떻게 해야 해요? 저를 권리를 가진 인간으로 대하지 않는 사람들을 어떻게 상대해야 할지 통 모르겠어요. 부당한 일을 당하고 나서 우리 사회에는 아무런 문제가 없다고 우기는 재러드의 말을 들으면 어떻게 해야 해요? 매니가 그 말에 맞장구치는 걸 들으면요? 역겨워요, 마틴. 너무너무 역겨워요.

이제 저는 어떻게 해야 할까요? 재러드 같은 사람들을 어떻게 감당해요? 보나 마나 토론은 별 소용이 없을 텐데…… 그냥 무시하고 말까요? 그러면 어떻게 문제를 해결하죠, 마틴? 엄마가 자주 하는 말처럼, 저는 최선을 다해 '좋은 인상을 주고' 싶어요. 마틴이 그랬던 것처럼요. 그냥 그 방법이나 궁리해 봐야겠네요…….

곯아떨어질 시간인데 오늘은 숙제가 좀 남았어요. 부디 집중할 수 있기를.

제 얘기 끝까지 들어 주셔서 고맙습니다.

저스티스 드림

5

재러드, 카일, 타일러, 블레이크가 매니의 지하실에 들어선다. 그 순간 재러드가 구상했다는 '평등단'이라는 것의 실체가 얼마나 끔찍한지 분명하게 드러난다.

사실 재러드는 사회진화학 수업 시간에 인종 평등에 관해 토론한 이후 한 달 보름 동안, 미국이 평등한 사회임을 증명하기 위한 운동을 펼쳐 왔다. 지난주에는 매니를 비롯한 패거리에게 "기똥찬 아이디어"라면서 이런 제안을 했다. "얘들아, 핼러윈 때 우리 각자 대표적인 고정관념 의상을 입고 다 함께 돌아다니자. 그러면 인종 평등과 허물어진 인종 장벽 따위를 알리는 엄청난 정치적 선언이 될 거야." 심지어 저스티스에게도 참여해 달라고 했다.

당연히 저스티스는 처음엔 한 귀로 흘렸는데…… 매니를 시켜서 설득하는 바람에 마지못해 응했다.

그걸 이제야 후회하는 중이다.

여섯 개 의상 중 다섯 개는 대체로 괜찮다. 저스티스는 자연스럽게 폭력배 복장을 한다. 팬티를 다 내놓고 허벅지에 벨트를 매는 새기 팬츠에 'THUG LIFE'*가 새겨진 티셔츠를 입는다. 거기에 커다란 장식 메달이 달린 두툼한 금 사슬 목걸이를 걸고, 머리에 꼭 맞는 챙이 평평한 야구 모자를 쓴다. 심지어 아랫니에 그릴즈까지 끼운다. 매니와 함께 껌 종이에서 은박을 떼어내 만든 치아 액세서리다.

매니는 토큰 블랙 복장을 한다. 카키색 바지에 폴로 티셔츠를 입고 로퍼를 신는다. 그러고 나서 꽈배기 스웨터를 어깨에 걸친 뒤 소매를 가슴께에서 느슨하게 묶는다. 제법 중후한 그 의상이 무척 마음에 들었는지, 모두 갖춰 입자마자 저스티스를 향해 "자네," "여보게," 하며 점잖게 부르기 시작한다.

재러드는 여피이자 정치인 차림이다. 정장을 입고…… 면도하다가 벤 자국이 '눈에 잘 띄는 효과'를 낼 셈으로 턱에 작은 티슈 조각을 붙인다.

타일러는 파도 타는 서퍼 차림이다. 기온이 섭씨 10도밖에 안 되는데도 무릎 반바지에 민소매 셔츠를 입었다.

카일은 레드넥**으로 변신했다. 얼룩무늬 군복 셔츠에 멜빵

• 　'폭력배 인생'이라는 뜻으로, 1990년대 전설적인 래퍼였던 투팍이 사회적으로 차별받고 소외되어 최하층으로 전락한 흑인들의 삶을 반어적으로 표현한 말.

•• 　Redneck. 특히 미국 남부 시골에 사는 교육받지 못한 가난한 백인 노동자들에 대한 멸칭.

바지를 입고, 남부 연합 휘장이 달린 망사 야구 모자를 쓰고, 꾀죄죄한 카우보이 부츠를 신었다. 게다가 멀릿 커트***처럼 꾸미려고 여동생에게 부탁해 붙임 머리 몇 가닥을 뒤통수에 붙였다. 솔직히 남부 연합 휘장이 아슬아슬하기는 해도 봐줄 만하다. 선을 넘지는 않은 것이다.

그런데 블레이크는? 선을 넘어도 한참 넘었다. KKK 단원 복장을 하고 있다. 빨간 바탕에 하얀 십자가 문양을 새긴 원형 휘장이 가슴 한쪽에 박힌 하얀 통옷을 입었다. 심지어 눈 부분만 동그랗게 도려낸 원뿔형 복면까지 마련해 왔다. 핼러윈 의상이라는 걸 몰랐다면, 저스티스는 살짝 겁먹었을 것이다.

"재…… 나랑 잠깐 얘기 좀 할 수 있을까?" 매니가 재러드에게 말한다. 블레이크가 선택한 의상을 불편해하는 기색이 역력하다. 그런 매니를 보면서 저스티스는 내심 깜짝 놀란다.

"얼마든지."

두 사람은 매니의 침실로 걸어가고, 저스티스는 다른 아이들과 함께 서 있다.

"이 의상 역겹지, 친구야!" 블레이크가 저스티스에게 말한다.(KKK 단원이라고 해서 흑인을 친구라고 부르면 절대로 안 된다는 법은 없으니까.)

편견이 심하고 인습에 얽매인 극우 보수 성향을 띤 사람들로 의미가 확대되었다.
●●● mullet. 앞머리는 짧고 뒷머리가 긴 헤어스타일.

저스티스는 이건 아니라고 고개를 세차게 흔들고 싶은 충동과 싸운다. "그 의상은…… 어……"

"잠깐만 기다려. 복면까지 써 볼게. 이건 진품이야." 블레이크는 두 팔을 활짝 벌리고, 마치 옛날에 예수가 입었던 옷에 감싸인 사람처럼 활짝 웃는다. 저스티스는 그 '진품'이 어디서 났는지 묻고 싶다. 그러나 꼭 그 대답을 듣고 싶은 것인지 확신이 서지 않는다.

그때 재러드가 돌아온다. "야, 저스티스. 매니가 얘기 좀 하자는데."

저스티스는 고개를 끄덕이며 그 어느 때보다 크게 심호흡을 한다. 그러고는 매니의 침실로 성큼성큼 걸어간다. 저스티스를 좇는 백인 소년들의 눈동자 여덟 개가 레이저 광선을 쏘듯 이글거린다.

맞다, 아니꼬운 거다.

"무슨 일이야?" 저스티스가 침실에 들어서서 문을 닫고 말한다.(물론 저스티스는 용건이 무엇일지 짐작이 간다.)

"블레이크 의상이…… 아 참, 너도 봤지."

저스티스가 코웃음을 친다. "그래."

"너…… 저기……" 매니가 목을 긁적거린다. "내키지 않으면……"

"괜찮아, 매니."

매니의 짙은 눈썹이 한껏 치솟는다. "정말로?"

"그래, 매니." 네 시간 전까지만 해도, 사실 저스티스는 약속을 깨려고 마음먹었다. 의도가 뻔한데도 재러드 패거리와 '여기저기' 돌아다니며 함께하려고 했던 것 자체가 잘못이라고 느꼈기 때문이다. 그런데 공교롭게도 하필 "진정으로 집단 간 삶과 개인 간 삶을 통합해야 완전한 통합"이라던 마틴의 가르침이 떠올랐다. 그래서 그냥 함께 가기로 결심했다. 이것이 마틴의 참뜻인지 정확히 알 길은 없지만, 이 상황에서 달리 할 말도 없다. "인마, 나갈 준비는 된 거야?"

"아." 매니가 헛기침을 한다. "다 된 것 같아."

"그럼, 이제 움직이자." 저스티스가 방을 나간다. 그냥 의상일 뿐인데 뭐 어때? 형제애가 짱이지. 형제애 짱!

저스티스와 매니가 돌아오자마자, 재러드가 단체 사진을 여러 장 찍어서 온라인에 올린다. 그런 뒤 "평등단, 차를 향하여 출발." 하고 외치며 앞장서서 문 쪽으로 걸어간다.

일행이 모두 매니의 차에 올라타자, 블레이크가 원뿔형 복면을 쓰더니 팔을 번쩍 들어 나치 경례를 한다. 그제야 저스티스는 자신이 방금 올라탄 차가 나락으로 곤두박질치리라는 것을 깨닫는다. 자신이 재러드의 제안을 통째로 받아들였을 때가 퍼뜩 떠오른다. 그때 자기 손으로 제동관을 끊어 버리고 이 차를 멈춰 세울 힘마저 모두 내주고 말았구나 싶다.

그리고 저스티스의 예감은 적중한다.

그들이 핼러윈 파티 장소에 도착한 지 5분도 되지 않아, 누군가가 난데없이 블레이크의 얼굴에 주먹을 날린다. 원뿔형 복면의 눈구멍 밑에서 새빨간 피가 터진다. 그것을 본 저스티스는 속이 메슥거린다.

어느 틈에 왔는지, 평등단 앞에 차림새가 딱 '진짜' 폭력배 같은 남자애들이 서 있다. 백인은 한 명뿐이고 나머지는 모두 흑인인데, 하나같이 고정관념 의상을 입은 얼굴들을 모조리 작살내고 싶다는 표정을 짓고 있다.

가장 끔찍한 건? 하나도 빠짐없이 저스티스가 아는 얼굴이라는 사실이다. 저스티스와 같은 동네에 사는 애들이다. 매니의 사촌도 이들과 한패다. 모두 나이깨나 먹은 미치광이 마텔 몽고메리가 이끄는 폭력 조직인 블랙지하드 소속이라고 저스티스는 거의 확신한다.

피부색이 매우 짙고 짧은 레게 머리를 한 남자애가 저스티스를 위아래로 쓱 훑어보더니 피식 웃는다. "그 의상 진짜 재미있다, 저스티스."

"아…… 어…… 고마워, 트레이."(저스티스가 객기를 부릴 때가 아닌 것만은 분명하다.)

"그리고 너……" 트레이가 매니를 보며 말한다. "콴의 사촌 맞지?"

"어." 매니가 목덜미를 긁적거리며 대답한다.

"야, 씨발, 너희 저 찌질이들이랑 여기서 뭐 하냐? 너네 친구가 저딴 짓거리로 우리 민족을 멸시하는 데도 보고만 있어?"
트레이가 블레이크를 가리킨다. 블레이크는 원뿔형 복면을 벗어서 피가 줄줄 흐르는 코를 막고 있다.

재러드: 야, 우리는 멸시할 뜻이 전혀……

매니: 가만히 있어, 재러드.

트레이: 그래, '재러드'. 넌 지금 입을 꾹 처닫고 있어야 하는 거야. 네 친구 놈이 저딴 걸 걸치고 와서 우리들 속을 뒤집어 놓았거든.

저스티스: 트레이, 쟤가 그 복장을 한 건 별 뜻이 없었어. 우리끼리 고정관념 의상을 입고 풍자 놀이를 하려던 건데, 너무 나갔지. 이번 일로 교훈을 얻었어.

트레이가 저스티스를 보면서 실실거린다. 음, 비웃음에 더 가깝다. 저스티스는 벌레가 온몸에 스멀스멀 기어 다니는 것 같다. "어떻게 넌 하나도 안 변했냐, 저스티스. 여전히 잘난 척하는 헛똑똑이야." 트레이 말에 이어, 누군가 쨍쨍한 목소리로 말한다. "쟤 지금 오크리지에 있는 졸라 빵빵한 백인 학교에 다니잖아."

"브래셀턴 사립 고등학교라고 해." 재러드가 이름을 바로 잡는다.

저스티스는 재러드의 입을 아주 꿰매 버리고 싶다.

"우아우아." 백인 남자애가 두 손을 들고 환호성을 지르는 시늉을 한다. 저스티스 기억이 맞는다면 이름이 브래드다.

트레이가 저스티스와 매니를 번갈아 바라본다. "착각하지 마, 새끼들아. 백인 애들이 지금은 너네랑 나란히 서 있을지 몰라도, 쟤네한테 너흰 여전히 검둥이일 뿐이야. 알아들어? 아무리 돈이 많고 아무리 똑똑해도, 그 좆같은 사실은 못 바꿔."

재러드: 야, 그건 아니야. 네가 뭘 단단히⋯⋯

"입 좀 닥쳐, 재러드!"(서퍼 복장을 한 타일러다.) "그냥 가자, 얘들아."

트레이: 그래, 생각 잘한 거야.

재러드: 야, 이게 너희 파티냐? 가라 마라 하게.

트레이는 웃음을 터뜨리고, 한 아이는 셔츠 자락을 들어 올려 허리춤에서 삐져나와 있는 권총 손잡이를 내보인다.

"나는 얼마든지 그럴 수 있단다, 백인 새끼야. 일이 커지기 전에 똘마니들 데리고 여기서 당장 꺼져."

총을 내보인 아이가 저스티스에게 실실거리며 말한다. "너랑 저 부잣집 아이는 우리랑 같이 있어도 돼, 원한다면 말이야." 블랙지하드 애들이 동시에 웃음을 터뜨린다.

트레이: 야, 저 검둥이들이 우리랑 놀고 싶겠냐? '잘나가실' 새끼들인데. 꼭대기까지 올라가려면 백인들한테 줄을 대야지⋯⋯.

트레이가 자기 패거리인 백인 아이를 팔꿈치로 툭 치자, 둘이 동시에 낄낄거린다.

"얘들아, 가자."

이렇게 말하며 돌아서던 저스티스는 매니가 자신과 눈을 맞추려고 애쓰는 낌새를 알아챈다. 그런데도 앞만 바라본다. 밖으로 나가자 차가운 밤바람이 얼굴을 때린다. 재러드가 매니에게 묻는 소리가 저스티스 귀에 들린다. "야, 너 괜찮아?"

"응, 아무렇지 않아." 매니가 대답한다.

재러드가 먼저 앞으로 걸어가 다른 애들과 이야기를 나눈다. 저스티스가 매니를 지켜본다. 매니는 가슴께에서 소매를 묶은 스웨터며 카키색 바지며 신고 있는 로퍼까지, 자기 옷장에서 꺼내 구색을 맞춘 '의상'을 살펴보고 있다. 이윽고 스웨터 소매를 풀더니, 저스티스를 바라본다.

그 순간, 두 사람은 서로를 이해한다.

저스티스는 야구 모자를 벗고 목에 걸린 가짜 금 사슬 목걸이도 뺀다.

"핼러윈 잘 보내라, 씨발놈들아!" 뒤에서 트레이가 냅다 소리친다.

11월 1일

마틴에게

지금 새벽 2시인데, 여태 SJ와 통화하다 방금 끊었어요.

정신이 나갔나 봐요.

처음에는 그럴 생각이 전혀 없었는데…… 밤 10시 15분쯤 방에 도착해서 휴대폰을 확인해 보니, SJ에게 부재중 전화가 와 있더라고요. 조지아주 토론 대회가 코앞에 닥친 때라 그 문제 때문인 줄 알고, 전화해 보기로 했던 거예요. 통화 내용을 그대로 적어 볼게요.

SJ   여보세요?

저   안녕, SJ. 저스티스야. 전화했었네?

SJ   휴대폰에 발신자 이름 떠. 네가 누군지 밝힐 필요 없어.

저 아, 그러네.

SJ (깔깔 웃고는) 그 왕재수 재러드가 너랑 매니를 희생양으로 삼은 실험이 어떻게 됐는지 궁금해서 한번 걸어 봤어. 걔가 인터넷에 올린 사진들 봤거든. 그때 곧장 달려가서 파티에는 얼씬도 못 하게 블레이크의 얼굴에 주먹을 날렸어야 하는데.

저 그렇구나. 그 문제라면 걱정 마. 다른 사람이 너 대신 했으니까.

SJ 뭐야? 진짜 블레이크가 얻어맞은 거야?

저 원뿔형 복면이 못 쓰게 됐지.

SJ (저러다 숨넘어가겠다 싶을 정도로 웃어 댔어요.)

저 그건 그렇고…… 넌 어떻게 지냈어?

SJ 그냥저냥. 네 생각 많이 했지.

저 …….

SJ 있지, 내 말은…… 미안, 말이 헛나갔네.

저 …….

SJ 저스, 전화 끊은 거야? 어휴, 이 멍청이. SJ 너 무슨 짓……

저 (목청을 가다듬고) 안 끊었어.

SJ 후유. 그래, 다행이다.

(어색한 침묵이 흘렀어요.)

저 그럼, 음…… 원래 하려던 말은 뭐였는데?

SJ 글쎄? ……그런 의상들을 왜 입었는지 물어보고 싶었던 것도 같고? 뭐랄까, 사진들 보면서 파티 장소에서 무슨 일이 벌어졌을지 궁금했거든.

저　　아.

SJ　　너 내 말 안 믿지, 그치?

저　　내가 왜?(사실 속으로는 이렇게 말했어요. "당연하지. 그 말을 믿으라고?")

SJ　　(큰 소리로 웃더니) 나라면 곧이듣지 않았을 텐데.

저　　…….

SJ　　에이, 실토해야겠다. 나 지금 저스티스 매캘리스터 침묵 해석하기를 즐기는 중이야. 어쩌면 앞으로 이런 놀이를 자주 하게 될지도 몰라.

저　　시끄러워.

SJ　　(조금 전보다 훨씬 크게 깔깔대더니) 그건 그렇고, 지금은 좀 어때?

저　　무슨 말이야?

SJ　　분명 그 파티 장소에서 내내 거북했을 텐데, 안 그랬어?

저　　아니라고는 못 하겠다.

(왜 그랬는지 모르겠는데, 아무튼 SJ에게 파티 장소에서 있었던 일을 시시콜콜 다 말했어요.)

SJ　　헐. 총으로 으름장을 놓고 꺼지라고 했단 말이야?

저　　응.

SJ　　큰일 날 뻔했구나.

저　　그러니까. 아주 미치겠는 건, 거기서 나올 때처럼 지금도 기분이
　　　이상하다는 거야.

SJ　　그래? 이유가 뭔데?

저　　음, 그때 내 행동이 곧 내 뜻으로 받아들여지는 양자택일의 기로
　　　에 있었거든? 이를테면 거기 남으면 내가 함께 자랐고 생김새도
　　　비슷한 애들과 연대하겠다는 선언이 되는 셈이었어. 거기서 나
　　　오면 그 반대였고. 그런데 내가 KKK 단원으로 분장한 백인 남자
　　　애와 같이 나오는 쪽을 선택했다는 사실이…… 그게…….

SJ　　흠, 무슨 말인지 알겠어.

저　　걔들은 예전에 나를 "백인 새끼"라고 불렀어. 학교에서 쉬는 시
　　　간에 자기네는 동전을 걸고 주사위 던지기를 하는데, 나는 책을
　　　읽는다는 이유로 말이야. 카스티요 경관처럼, 우리를 너나없이 똑
　　　같은 '부류'로 여길지라도 변명할 여지가 없다는 건 알아. 그런
　　　데 나는 말이지, 걔 허리춤에서 삐져나온 총을 본 순간, 갑자기
　　　손목에서 지독한 통증을 느꼈어. 그리고 이런 생각이 들더라. 조
　　　심해, 쟤는 못된 놈이야. 저 트레이 패거리 같은 개자식들 때문
　　　에, 경찰이 흑인을 한꺼번에 싸잡아서 못된 놈들이라고 생각하
　　　게 된 거야.

SJ　　미안해, 저스.

저　　사과할 거 없어. 네 잘못이 아니잖아. 내가 스스로 무언가를 해

내려고 애쓰는데, 그게 왜 걔네들 눈에는 인종 배신자처럼 비치는지 지금껏 이해가 안 됐거든? 그런데 오늘밤에 트레이가 했던 몇 마디가 가슴을 후벼 파듯 아프더라.

SJ   정말?

저   응. 나랑 매니가 재러드 패거리와 어울리는 게 "꼭대기까지 올라가려면 백인들한테 줄을 대야 하기" 때문이라는 거야. 토론이라면 입이 부르트도록 반박할 수 있었겠지만, 재러드 패거리를 따라나선 것 자체가 걔네 말이 옳다고 증명한 셈이 되잖아?

SJ   그렇게 볼 수도 있겠네.

저   만약 트레이 말이 맞는다면? 만약에, 내가 무엇을 하든 백인들이 언제까지나 나를 그저 검······ 낮잡아 본다면?(후유, 하마터면 n자 단어*를 쓸 뻔했네요, 마틴.)
그래, 재러드는 입버릇처럼 우리 사회가 대단히 '평등'하다고 떠들어 대지만, 그것이 걔가 나를 동등한 사람으로 여긴다는 뜻은 아니잖아.

SJ   (잠자코 있었어요.)

저   진퇴양난에 빠진 거야. 이 나라에서 중요한 결정권을 가진 자리는 대부분 백인이 차지하고 있잖아. 결국 내가 출세하려면 '반드시' 백인들이 필요하고, 그러자니 동족을 저버리는 듯한 찜찜한 생각이 안 들 수 없는 현실에서 내가 무슨 수로 벗어나겠어?

---

*   n-word. 흑인을 경멸적으로 부르는 nigger(검둥이)를 대체한 완곡어.

SJ 부디 수사 의문문이길 바랄게, 저스. 내가 확실하게 대답할 수 없
    는 문제거든.

저   (웃음이 터졌어요.)

그다음에 살짝 말머리를 돌렸는데, 시계를 보니 통화한 지 세 시간이
나 지났더라고요. 민권운동에 동참했던 유대인들 이야기를 하다가, '마
틴 닮기' 실험에 관한 얘기까지 털어놓고 말았어요. SJ가 "감동적이면
서도 흥미롭다"는 거예요.

그제야 새삼스레 대화 상대가 누군지 깨닫고 이제 자야겠다고 말했
어요.

그런데요, 전화를 끊기 전에 말예요. SJ한테 영영 잊지 못할 것 같
은 말을 들었어요.

SJ 있지, 저스?

저   왜?

SJ 나 너한테 사과하고 싶어.

저   무슨 사과?

SJ 한참 전 수업 시간에 토론할 때 주제넘게 나섰던 것 말이야.

저   …….

SJ 한 달도 훨씬 지났다는 건 아는데, 이렇게 너랑 얘기하고 보니
    까…… 음, 너 대신 내가 나설 자리가 아니었어. 정말 진심으로
    미안해.

블레이크는 사과 한마디 없었는데, SJ에게 사과를 받았을 때요? 가슴이 뭉클했어요, 마틴. 지금도 머릿속에서 SJ를 떨쳐 낼 수가 없어요.

큰일 났어요.

오해하진 마세요. SJ는 아주 멋진 아이예요. 제가 2년 전 토론부에 가입했을 때부터 토론 짝꿍이었어요. 학교에서 매니 다음으로 저에 관해 많이 아는 친구이기도 하고요.

예, SJ는 백인 여자애치고는 대단히 매력적이에요. 길고 짙은 갈색 머리에 키도 크고, 가슴이 풍만하지는 않지만 라크로스를 해서 몸매도 다부져요.

예, SJ는 똑똑하고 재미있고 말도 잘 통하고 당찬 면도 있어요. 그런데 이제는 이성적으로 끌리기까지 해서…….

그런데요, 마틴. 저는 SJ를 사랑할 수 없어요. 지금껏 살면서 엄마한테 내내 들은 말이 "백인 여자애를 집에 데려오는 건 안 돼."였거든요. 방금 말한 이 여성은 백인처럼 보인다는 이유로 멜로를 은근히 무시하는 사람이에요. 만약 제가 SJ와 사귄다면 엄마가 어떤 반응을 보일지 상상이 되세요?(덧붙이자면, 멜로랑은 또 헤어졌어요.)

지금은 SJ와 대화한 것조차 후회스러워요. 특히 인종 문제를 언급한 것이요! 이런 저를 어떻게 생각하세요? 파티 장소에서는 기꺼이 그 멍청이들과 함께 나왔던 제가, 지금 이 순간에 가장 도망치고 싶은 사람이 저를 동등하게 대해 주는 백인이라니요. 아무튼 SJ에게 모든 걸 시시콜콜다 말했다는 게 믿기지 않아요! 뭐, SJ가 뒤끝 없는 성격이라 별일은 없겠지만……. 저 지금 머리를 절레절레 흔들고 있어요.

마틴은 굉장한 사람이었잖아요. 진짜 '굉장한' 사람. 저도 마틴처럼 되고 싶어요. "집단 간 삶과 개인 간 삶"을 모두 통합해야 한다고요? 저도 진심으로 그러고 싶은데…….

저는 벌써부터 잘 해낼 자신이 없어요.

이만 자러 갈게요.

JM 드림

6

저스티스는 자기 눈을 의심한다.

'축하합니다!'라는 글자가 바로 눈앞에 아주 커다랗고 선명하게 떠 있다. 그런데도 여전히 믿기지 않는다.

노트북 앞에 앉을 때만 해도, 링크를 몇 번 클릭해야 합격여부를 확인할 줄 알았다. 그런데 웹 사이트에 로그인을 하자마자, 거대한 불도그가 화면을 꽉 채우며 예일 대학교 응원가가 우렁차고 아름답게 울려 퍼졌다.

어느 틈에 저스티스는 휴대폰을 들어 전화를 걸고 있다.

전화벨이 한 번 올리자마자 상대방이 전화를 받는다.

"여보세요?"

"SJ?"

"저스? 무슨 일 있어?"

"SJ, 나 붙었어."

"뭐라고?"

"나 붙었다고, SJ."

"그게 무슨 말…… 가만…… 너 '붙었어'?"

"그래!"

"그러니까 그 붙었다는 게, '합격했다'는 뜻이야?"

"맞아!"

"어머, 어머, 어머!"

저스티스는 노트북 화면을 다시 읽어 본다. 그제야 제대로 실감 난다.

"SJ, 네 친구가 예일인이 됐어!"

"말도 안 돼, 저스. 진짜 말도 안 된다고!"

"나도 내 눈을 못 믿겠어." 저스티스는 고개를 뒤로 젖히고 눈을 감는다. 지난 몇 달 동안 일어났던 온갖 나쁜 일들이 스르르 사라진다.

잠깐 정적이 흐른 뒤 떠들썩한 소리가 저스티스의 귀에 들린다. "엄마, 아빠, 저스가 예일 대학교에 간대요."에 이어 세라제인의 엄마가 "이야! 축하한다, 저스티스!"라고 소리치고, 세라제인의 아빠는 "장하다, 우리 똘똘이!"라고 외친다.(토론 대회 준비를 하려고 그 집에 처음 갔던 날부터 세라제인의 아빠는 저스티스를 그렇게 불렀다.)

"우아우아우아! 저스! 이건 최고로 좋은 하누카˚ 선물이야! 우리가 고작 한 시간 30분 거리에 있다는 게 무슨 뜻인지, 너 알지?"

이 말에 저스티스는 또다시 가슴이 쿵쿵거린다.

이 '느낌'.

이야기를 나눌 때면 이따금 심장 박동이 빨라지게 하고 머리가 어찔어찔하게 만드는 이것. 멜로에게 느꼈던 것과는 다르다……. 그래서 두렵다. 저스티스는 문득 엄마보다 세라제인에게 먼저 전화했다는 사실을 깨닫는다. 지금 자신이 듣고 싶은 소리보다 그 사실이 '훨씬 더' 많은 말을 쏟아낸다.

"SJ, 이만 끊어야겠다."

"알겠어! 내일 보자. 나 너무 **신나!**"

저스티스의 입가에, 스스로도 거의 깨닫지 못한, 미소가 번진다. "나도."

그래, 여기서 멈춰야 한다.

"일부러 전화해서 소식 알려 준 거 고마워. 나한테는 아주 뜻깊은 일이야."

"나한테는 네가 뛸 듯이 기뻐하는 게 아주 뜻깊어."

(미친, 꼭 이 말을 했어야 하냐고.)

"그걸 지금 말이라고 해? 내가 방방 뛰지 않고 어떻게 배기겠어?"

저스티스가 목청을 가다듬는다. "잘 자, SJ."

• Hanukkah. 11월 말이나 12월에 8일 동안 치르는 유대교 축일 중 하나.

"너도, 저스. 좋은 꿈 꿔."

그러나 저스티스는 꿈을 꾸기는커녕 잠도 이루지 못한다. 머릿속이 복잡하다.

먼저 예일대 합격에 관해 곱씹는다.(여러분, 꿈은 이루어집니다!)

그다음엔 세라제인 생각에 잠긴다. '내가 방방 뛰지 않고 어떻게 배기겠어?'라니.

그런 세라제인을 어떻게 대해야 할까?

저스티스는 세라제인과 통화를 끝내고 곧바로 엄마에게 전화했었다. 그런데 음성 메시지로 넘어가서 그냥 끊었다. 메시지로 전하기에는 너무나 중요한 소식이었다. 잠자리에 들면서도 엄마보다 세라제인에게 먼저 그 소식을 알렸다는 생각에 마음이 무거웠다.

이튿날 아침, 저스티스가 학교 식당 오믈렛 배식대 앞에 서 있는데 맞은편에서 자기 이름을 외쳐 부르는 소리가 들린다.

세라제인이다. 세라제인이 저스티스 쪽으로 껑충껑충 뛰어간다.

"SJ!" 저스티스가 외치면서 엉겁결에 두 팔을 활짝 벌린다. 세라제인이 품속에 뛰어들어 두 다리로 저스티스의 허리를 휘감는다. 몹시…… 난감한 광경이다.

세라제인도 교복을 입은 터라, 그 모습이……. "SJ, 너 치마 입은 거, 알지?"

"으악!" 세라제인이 다리를 풀고 허둥지둥 내려선다. "이걸 어쩌면 좋아." SJ가 새빨개진 얼굴을 두 손으로 가린다.

어쩌면 저스티스에게는 세상 귀여운 모습이었을지 모른다.

저스티스가 세라제인의 두 손을 내린다. 웃음 띤 얼굴로. "아마 내 평생 최고의 포옹이었을 거야."

세라제인이 고개를 절레절레 흔든다. "이럴 수가, 너를 덮치다니. 내가 너무 들떴나 봐."

저스티스가 웃음을 터뜨린다. "나도 그래. 이 소중한 친구를 가끔씩 보러 와 주면 좋겠다. 그러면 나도 꼭 만나러 갈게."

세라제인의 얼굴이 환해질 만한 것이, 저건 누구라도 데이트 신청으로 여길 법한 말이었다. 저스티스가 저런 말을 하다니…… 절대로 그런 뜻으로 말한 것도 아닐 텐데.

세라제인이 미소를 짓는다.

저스티스도 미소를 지어 보인다.

세라제인이 똑바로 바라본다.

저스티스도 마주 본다.

여전히 서로 손잡고 있다는 사실을 깨달은 저스티스가 세라제인의 입술을 바라보는데…….

"흠흠…… 안녕, 저스."

저스티스의 고개가 오른쪽으로 홱 돌아간다.

멜로다.

저스티스가 세라제인과 마주 잡고 있던 손을 후딱 빼낸다.
"어······."

저스티스가 세라제인을 돌아본다. 얼굴에서 미소가 점점
사라져 간다.

저스티스는 멜로의 초록 눈이 자신과 세라제인 사이를 오
가는 것을 지켜본다. 얼굴에서 미소가 싹 사라진 세라제인은
이제, 공식적인 표현으로 말하자면, 인상을 쓰고 있다.

멜로가 헛기침을 한다.

"아, 어······ 어쩐 일이야, 멜로?"

"네가 얘기해 주기를 기대하고 있었어, 저스티스."라고 말
하면서도 멜로의 눈은 세라제인에게 박혀 있다.

셋 다 말이 없다.

이윽고 세라제인이 말한다. "그래! 어······ 수업 시간에 보
겠네?" 혀가 굳어 버린 저스티스는 그저 세라제인이 홱 돌아서
서 뒤도 돌아보지 않고 걸어가는 모습을 지켜볼 뿐이다.

저스티스가 다시 멜로에게로 얼굴을 돌린다. 멜로는 세라
제인의 뒷모습을 보며 히죽거리고 있다. 저스티스가 헛기침으
로 멜로의 시선을 끈다.

멜로가 돌아보더니 저스티스의 팔짱을 낀다. "예일 대학교
에 붙었다며."

"그래, 맞아."

"그래서 SJ가 그렇게 들떴던 거야?"

"응." 저스티스가 침을 꿀꺽 삼킨다. "SJ는 컬럼비아 대학교에 입학할 거야. 두 학교가 꽤 가까워."

멜로의 시선이 세라제인이 사라진 출입구에 꽂힌다. "그러니까 현재 너희 둘이 그렇고 그런 사이야?"

"뭐? 아니야!"

"걔가 너한테 뛰어드는 거 봤어, 저스."

"그런 거 아니야, 멜로."

그런 게 아닌 것만은, 분명하다.

"우린 그냥 좋은 친구 사이야." 저스티스가 허공에 대고 말한다. "토론 짝꿍이고. 무슨 말인지 너도 알잖아."

"다행이네." 멜로가 한 발짝 다가선다. 아무래도 저스티스의 말을 믿지 않는 눈치다. 그러나 멜로는 워낙에 그런 아이다. 원하는 것이 있으면, 무슨 수를 써서라도 손에 넣어야 직성이 풀린다. "조만간 우리 둘이서 시간을 보낼 수 있기를 기대하고 있었거든." 멜로가 저스티스의 가슴 한복판에서부터 훑어 내리던 손가락을 바지 허리춤 안쪽에 걸어 끌어당긴다.

"어, 그래." 저스티스가 갈라진 목소리로 더듬거린다. "그거, 어…… 그거 좋겠다."

"너무 좋다. 사실 네가 나를 떠날 거라는 게 참 슬퍼. 너 아주 멀리 가고 싶은 거지?"

저스티스가 멜로의 어깨 너머로 시선을 옮기면서 머리를 긁적거린다.

"내가 나중에 전화할게, 알겠지?"

"알았어." 저스티스가 대답한다.

멜로가 저스티스의 팔을 꼭 움켜잡고 턱뼈와 목이 만나는 우묵한 곳에 입을 맞춘다. "갈게, 저스."

저스티스는 한마디도 하지 않는다. 그저 유유히 걸어가는 멜로의 엉덩이만 물끄러미 바라본다.

7

2교시 수업까지 마치고 사회진화학 교실로 걸어가는 저스티스는 아직도 얼이 빠져 있다. 자신이 망쳐 놓은 것은 분명한데, 정확히 어떤 여자애에게 무엇을 잘못했는지 그저 혼란스럽기만 하다.

저스티스가 교실에 발을 들여놓자마자, 매니가 앞으로 나와 저스티스의 어깨에 팔을 두른다. "드레이 박사님, 예일 대학교 예비 학생이자 둘도 없는 내 친구 저스티스 매캘리스터를 소개해도 될까요?"

"여보게나!" 닥이 손을 들어 매니와 손바닥을 마주친다. "그거야 두말하면 잔소리지!"

두 사람을 보면서 저스티스는 빙긋 웃는다.

그런데 안타깝게도, 저스티스가 자리에 앉는 순간 교실에 들어선 세라제인은 저스티스에게 눈길 한번 주지 않는다. 더욱

이 바로 뒤따라온 재러드 크리스텐슨은 이글거리는 눈빛으로 저스티스의 머리를 쏘아본다. 어찌나 강렬한지 머리에서 불길이 치솟지 않는 게 이상할 정도다.

수업 시작종이 울리자 닥이 교실 문을 닫고 학생들을 향해 돌아선다. 그러나 인사를 건네기도 전에 재러드가 손을 번쩍 든다.

교사　　　무슨 일인가요, 크리스텐슨 군?

재러드　　오늘 토론하고 싶은 게 있습니다, 선생님.

교사　　　좋아요…… 어디 들어 볼까요?

재러드　　적극적 우대 조치˙가 어떻게 다수에 대한 역차별을 낳는지에 관해 토론했으면 합니다.

저스티스　(눈썹이 꿈틀 올라간다.)

세라제인　이게 무슨 잠꼬대 같은 소리야?

재러드　　아, 나는 진지해. 그럼 어디 한번 따져 볼까? 나는 학업 성적이 전교 2등이고, 야구부 주장인 데다, 주말마다 사회봉사 활동도 해. 수능 점수도 저스티스보다 높아. 그런데도 쟤는 예일 대학교 조기 입학 전형에 합격했는데, 나는 아니야. 이건 틀림없이 나는 백

˙　인종이나 성별 등을 이유로 제도적 불이익을 당하기 쉬운 소수 집단 및 사회적 약자들에게 교육과 고용의 기회를 보장함으로써 실질적 평등을 이루기 위해 마련한 법적·행정적 조치.

인이고 쟤는 흑인이기 때문이라고.

교사　　　그건 지나친 가정이에요, 크리스텐슨 군……

저스티스　잠깐만……. 무슨 근거로 네가 나보다 점수가 높다고 확신해?

재러드　　야, 내 SAT 점수는 1580점이거든?

매니　　　저스, 너는 몇 점이야?

저스티스　1560점.

재러드　　봤지?

세라제인　ACT 점수는?

재러드　　33점.

세라제인　저스는?

저스티스　34점.

재러드　　뻥치기는!

교사　　　말조심해라, 재러드.

재러드　　선생님, 쟤가 34점을 받았을 리가 없잖아요.

저스티스　내가 무엇 때문에 거짓말을 하겠어?

재러드　　그냥 말이 안 되는 소릴……

저스티스　말이 안 되는 이유는 또 뭔데?

세라제인　자기는 백인이고 너는 흑인이므로, 자기가 너보다 더 똑똑하다는 본인의 가정이 부정되기 때문이지.

재러드　　너는 좀 빠져 줄래, SJ?

저스티스　잠깐만……

교사	이건 공개 토론이다, 크리스텐슨 군. 이 교실에 있는 사람은 누구나 의견을 낼 수 있어.
재러드	네, 네.
매니	이건 확실히 짚고 가자, 재러드. 저스티스가 너만큼 똑똑한 게 짜증나?
재러드	내 말의 요지는 그게 아니야.
세라제인	너는 적극적 우대 조치가 '다수에 대한 역차별'이라고 주장했고, 그 주장을 뒷받침하는 증거로 저스티스는 예일대에 합격했는데 너는 아니라는 사실을 들었어. 네가 저스티스보다 수능 점수가 높을 거라는 어떤 거지 같은 인종주의자의 가정을 무시하더라도, 그 반증, 즉 너와 저스티스의 학습 능력치가 거의 같다는 사실 때문에 네 주장은 효력을 잃었어.
재러드	그렇지 않아.
저스티스	(머리를 가로젓는다.)
재러드	능력치가 같다면, 우리 '둘 다' 붙었어야지.
매니	넌 떨어졌어?
재러드	……합격 보류 결정을 받았어.
세라제인	그럼 너도 아직 합격할……
재러드	내 요지는 그게 아니라니까!
교사	프로 정신을 지키자, 크리스텐슨 군.
매니	그래, 재러드. 진정해.

재러드	아니, 진정 못 해. 다른 사람은 다 몰라도 너는, 그 보류 결정 때문에 내가 아빠한테 등신 취급을 받은 거 알잖아.
매니	그렇지만, 그건 저스랑은 전혀 상관없는 문젠데?
재러드	상관이 없긴. 쟤가 뽑히고 '나는' 안 뽑힌 이유는 예일대에서 할당제를 채워야 하기……
저스티스	뭐라고?
재러드	그냥 사실을 말하는 것뿐이야.
세라제인	그게 무슨 사실이냐, 똥멍청아.
교사	세라제인…….
세라제인	저스티스가 자격이 되니까 합격한 거야.
저스티스	고마워.
재러드	합격할 자격은 나도 돼! 적극적 우대 조치는 헛짓거리라고.
교사	너희가 수습 못 하면 토론을 중단시키겠다. 마지막 경고야.
재러드	내 요지는, 소수 집단에게 부당 이득을 부여하는 게 문제라는 거야. 그래, 좋아. 뭐 저스티스는 나와 자격이 '동등'할 수도 있겠지. 하지만 자격은 나보다 부족한데 합격은 나보다 먼저 하는 소수자들이 있잖아. 바로 그게 불공정하다는 얘기라고.
세라제인	재러드, 하나 물어볼게.

재러드   나한테 선택권은 있고?

세라제인   너도 기숙생이 아니니까 기숙사 비용을 제외하면, 우리 등록금은 똑같이…… 계산하기 편하게 어림잡아 1년에 3만 6,000달러*라고 치자. 학기별로 내니까, 7학기 동안 우리 부모님들이 교육비로 투자한 금액은…… 계산기 있는 사람?

저스티스   12만 6,000달러.

매니   와, 존나!

교사   (매니에게 경고의 눈빛을 보낸다.)

매니   잘못했습니다, 선생님.

세라제인   그 어마어마한 교육비를 낸 덕분에, 우리가 더없이 훌륭한 최고의 교육을 받고 있는 거야. 그 등록금에 노트북, 태블릿, 대다수 대학교들이 갖추고 있는 것보다 훨씬 많은 학술 데이터베이스 접근권 따위의 비용이 포함되어 있으니까. 우리는 대학교 수준의 각종 교과서를 최신판으로 제공받고, 우리 학교 도서관은…… 말할 것도 없지. 게다가 9학년이 시작되는 순간부터 교육 과정에 편성한 대학 입시 과목들을 수업해. 그리고 아마 우리 학교 교사 중 박사 학위자가 97퍼센트쯤 될 거야. 맞죠, 선생님?

•   작중 시점(2016~2017)부터 현재까지 물가 변동을 고려할 때 우리 돈으로 약 4,800만 원.

교사	얼추 그럴 거야.
세라제인	너는 당연히 다른 사람들도 너만큼 등록금을 많이 내는 줄 알 거야, 그렇지?
재러드	지금 여기서 그게 중요해?
세라제인	중요해. 자, 이제 흑인 학생이 있다고 치자. 저스티스가 아니라 다른 사람을 예로 든 거야. 그 아이네는 소득이 빈곤선*에 미치지 못하는 한부모 가정이야. 환경이 열악한 동네에서 살고 15년 된 교과서로 수업하고 컴퓨터도 없는 공립학교에 다녀. 게다가 그 학교에는 대학교를 갓 졸업한 새내기 교사들이 많아. 그마저도 겨우 1년 근무하고 떠나. 그 학교에서 실시한 몇몇 심리검사 결과가 어떻게 나왔는지 알아? 예로 든 흑인 학생을 포함해서 대다수가 자존감이 낮고 표준화 시험에 대한 스트레스에 시달리는 것으로 나타났어. 그 이유가 고정관념 위협** 때문이래. 요컨대 그 흑인 학생은 자신에 대한 사람들의 기대치가 낮다는 걸 잘 알고 있고, 그게 심각한 시험 불안증을 유발하는 원인이 되고, 그러다 보니 자기 실력을 제대로 발휘하지 못한다는 얘기야.

* 평범한 성인 1인이 1년간 생활하는 데 필요한 최저한도의 수입 수준.
** 특정 집단에 대한 부정적인 사회 통념, 즉 고정관념을 해당 집단에 속한 사람이 내면화하면서 위기에 빠지는 상태.

교사	(씩 웃는다.)
세라제인	이제 두 학생의 교육 환경 요소를 빼고 생각해 보자. 여기서도 편의상 성적만 예로 들게. 가령 학업 평점이 재러드 너는 4.0점이고 흑인 아이는 3.6점이라고 치자. 수능 점수는, 넌 1580점이라고 했지? 음, 흑인 아이는 1120점이야. 학업 평점과 수능 점수만으로 따질 때, 좋은 대학교에 들어갈 가능성이 두 사람 중에 누가 더 높아?
재러드	나지. 두말할 것도 없이.
세라제인	그게 공정할까? 너는 그 흑인 학생에 비해 '훨씬 더' 좋은 교육 기회를 누렸는데…… 대학교에서 합격자를 결정할 때 오로지 성적만 고려하는 게 과연 공정한 거야?
재러드	내 부모님이 나를 좋은 학교에 보낼 능력이 되는 건 내 잘못이 아니……
저스티스	걔 엄마가 그럴 능력이 못 되는 건, 그 흑인 아이 잘못이야?
학생 일동	…….
세라제인	적극적 우대 조치 제도가 완벽하다는 얘기는 아니야. 그래, 자격 있는 사람들보다 자격이 부족한 사람들을 합법적으로 선발하는 건 맞아. 대체로 백인보다는 유색인을 선발하는 것도 맞고. 그런데 '불공정

하다'고 말하기에 앞서, 너와 다른 사람의 교육 출발
선을 생각해 봐야지.

재러드   아, 됐고. 내가 아는 건, 내가 어느 대학교에 다니게
되든, 거기에서 소수자를 보면 그 아이 자격을 의심
하게 될 거라는 사실뿐이야.

학생 일동   …….

저스티스   헐, 얘기가 그렇게 되는 거야? 그래, 재러드?

재러드   내 말은…… 잠깐만, 말이 헛나갔는데……

세라제인   그렇다고 하네요, 여러분.

학생 일동   …….

12월 13일

마틴에게

어디를 가나 저를 깔아뭉개려고 드는 사람들을 만나는데, 왜 그런지 설명해 주실 수 있나요?

오늘 밤에 집에 다녀왔어요. 예일대 합격 소식을 엄마에게 직접 전해 주려고요. 엄마는 까무러칠 만큼 감격했지만, 집을 나선 다음에는 기분을 잡치고 말았어요. 오늘 수업 시간에 토론을 하다가 "적극적 우대 조치는 헛짓거리"라는 주장을 들었을 때처럼요.

그러니까, 버스 정류장으로 가려고 막 모퉁이를 돌았을 때였어요. 트레이며 백인 남자애며 블랙지하드 애들이 길거리에 서서, 우리 할아버지가 생전에 쓰던 표현대로 "구라를 풀고" 있었어요. 트레이가 절 보더니 씨＊ 뭐가 그렇게 좋으냐고 묻길래 예일 대학교에 합격했다는 사실을 말해 줬어요.

예, 제 마음이 붕 떠 있었거든요, 마틴.

트레이의 반응이요? "돌아오게 될 거야, 헛똑똑아. 백인들이 검둥이들과 한자리에 앉기 싫어하는 걸 알게 되는 날 말이야. 자기네와 맞먹으려는 너를 그냥 둘 인간들이 아니라고, 새끼야. 곧 이 동네에서 보겠다?" 하면서 씩 웃었어요.

만약 그 토론을 벌인 게 다른 날이었더라면, 트레이의 말 따위 무시하고 말았을 거예요. 제까짓 녀석이 뭘 안다고? 했을 거예요. 학교나 제대로 다니고 있는지도 의문이거든요. 알고 지내는 백인도 금발을 레게 머리로 땋고 '브래드'라고 자기 이름을 새긴 금장 그릴즈를 끼고 같이 서 있는 녀석, 달랑 하나뿐이거든요.

하지만 재러드랑 트레이를 합치면요? 기숙사로 돌아오는 내내, 두 사람이 내 자신감을 가지고 공차기 놀이를 하는 것 같은 심정이었어요.

재러드가 수능 점수를 들먹였을 땐 울화가 치밀었어요. 입으로는 '평등'을 떠들어 대면서, 제가 자기만큼 실력이 좋을 리 없다고 여겼던 거 잖아요? 자기는 백인이고 나는 흑인이기 때문에 재러드가 그런 가정을 한 것이 아니라고 말할 수 있는 사람은 '아무도' 없을 거예요, 마틴.

그런 데다 트레이는요…… 도대체 얘는 왜 기를 쓰고 저를 깔아뭉개려고 할까요? 정말이지, 돼먹지 못한 심보가 재러드랑 아주 똑같아요!

뭐랄까 제가 애써 산을 오르는 중인데, 어떤 멍청이는 자기가 있는 곳까지 오르지 못하도록 저를 아래로 밀쳐 버리려 기를 쓰고, 어떤 멍청이는 자신이 발을 떼기를 거부하는 밑바닥으로 끌어내리려고 제 다리를 힘껏 잡아당기는 것 같아요. 재러드와 트레이 같은 사람이 오늘은 둘뿐이지만, 이다음에는요? 올가을에 예일 대학교에 입학하면요?(저는 꼭 갈 거예요.) 나를 바라보는 사람들이 내 자격을 의심하는 건 아닐까 하는 피해망상증에 시달릴 테죠.

이런 문제는 어떻게 풀어야 해요? 솔직히 말하면, 조금 좌절감이 들어요. 제 성공을 원하지 않는 사람들이 있다는 걸 알고 나니까 절망스러워요. 그런 사람이 양쪽에 다 있다는 사실 때문에 더더욱.

마틴이라면 선택했을 법한 옳은 길을 따라가려고 노력하고 있지만, 그것만으로는 안 되겠죠? 그런 문제에 부닥쳤는데 산을 꿋꿋이 계속 올라갈 용기를, 마틴은 어디서 얻었어요? 마틴도 양쪽에서 공격받았잖아요.

이제 잠을 청해 볼래요. 뇌가 리셋되도록. 마틴은 제 꿈에 불쑥 나타나도 괜찮아요. 제가 어떻게 해야 할지 일러 주셔도 좋고요. 〈리틀 야구왕〉에서 베이브 루스가 베니한테 그랬던 것처럼.(제가 참 좋아하는 영화거든요, 마틴.)

저스티스 드림

PS. 완전 딴소린데요, 혹시 남녀의 삼각관계에 대해 아세요? 요즘 제가 나쁜 놈이 된 기분이라서요. SJ가 스스럼없이 저를 응원해 주고 있었는데, 멜로가 난데없이 나타나 저를 붙잡아 두려고 했어요. 평소에도 자기밖에 모르는 애거든요. 그때 제가 어떻게 처신했어야 할까요? 멜로의 엉덩이에 빼앗긴 마음은 여전한데요.(게다가, 좋아요, 뭐. 만약 제가 SJ와 연인 관계로 발전할 가능성이 가장 적은 친구 사이로 지내는 데 실패하면 엄마가 어떻게 나올지 그것도 두려워요.)

제가 이런 문제에는 완전 젬병이거든요. 어쩌다가 이런 처지에 빠지고 말았을까요? 이만하면 저도 봐 줄 만한데, 너무나 멋진 두 여자애는 제이맥* 같은 남자를 원할까요?

저한테는 정말 버거운 문제예요, 마틴.

---

* 고기능성 자폐 장애가 있는 아마추어 농구 선수이자 마라톤 선수이며 대중 연설가로 활동하는 제이슨 매켈웨인(Jason McElwain)의 별칭.

8

지하실에 들어선 저스티스가 가죽 소파에 엉덩이를 붙일 틈도 주지 않고, 매니가 엉뚱한 소리를 내뱉는다. "둘도 없는 친구한 테 언제까지 입을 꾹 다물고 있을 작정이야?" 매니는 쿵쿵 울리도록 듀스 디그스의 예전 곡을 틀어 놓고, 눈으로는 소리를 죽인 영화를 보고 있다.

"시치미를 떼려도 뭔 소린지 알아야 떼지. 야, 이거 무슨 음반이야? 지금 나오는 곡은 한 번도 못 들어 본 것 같은데?"

"몇 년 전에 나온 믹스테이프야. 말 돌리지 말고."

저스티스가 매니를 바라본다. "무슨 말?"

"인마, 너 방금 누구 차에서 내렸어?"

"SJ. 알면서 왜 이래? 'SJ가 태워다 줄 거야.'라고 문자했더니, 너 15분 전에 답장했잖아."

"바아아아로 그거야."

"바로 그게 뭔데?"

"너랑 SJ."

"나랑 SJ가 어쨌는데?"

매니가 저스티스를 빤히 바라본다. 마치 '2 더하기 2는 5'라고 대답하기라도 한 듯이.

"왜, 뭐?"

매니가 머리를 살래살래 흔든다. "난 우리가 소년인 줄 알았거든, 저스."

"됐고, TV 소리나 키워." 저스티스가 깍지 낀 손을 뒤통수에 받친다.

"얼마나 됐는지 그것만 말해."

"대체 뭐가 얼마나 돼, 바보야."

"SJ랑 만난 지 얼마나 됐냐고! 너 왜 내숭 떨어?"

저스티스가 눈을 굴린다. "나 SJ랑 만나는 거 아니야, 매니."

"다들 아는데 딴소리는."

"뭘 아는데?"

"네가 '하루가 멀다 하고 뻔질나게' 걔네 집에 드나드는 거. 제사 노섭이 그 근처에 사는 거 너도 알지? 걔가 그러더라. SJ네 부모님이 너한테 푹 빠졌다고. 너를 우리 똘똘이라고 부른다며?"

저스티스는 두 손으로 얼굴을 쓸어내린다. 제사가 오지랖이 넓은 건 알았지만, 망할. "첫째, 너 지금 입방아 함부로 찧어 대는 싸가지 없는 계집애 같아. 둘째, 나는 그 집에 '매일' 가는 게 아니야. 셋째, 내가 그 집에 '있을' 때는, 토론 대회를 준비해. 마지막으로 넷째, 걔네 부모님이 나를 좋아하는 건 나와 상관없는 일이라고."

매니가 눈을 되록거린다. "그러니까 네가 그 집에 가는 건 순전히 토론 때문이다 이거야?"

"글쎄, 그렇다니까. 토론 대회가 한 달도 안 남았어."

"그렇구나……. 그래도 그렇지 둘이서 '내내' 토론 준비만 한다고?"

저스티스는 양미간을 모은다. "머, 가끔 다른 얘기를 할 때도 있지만……"

"그러면 그렇지! 너희 둘 사이에 뭔가 있잖아! 속일 사람을 속여야지, 어디서 감히!"

저스티스가 머리를 흔들며 소파에 드러눕는다. "그 얘긴 이제 안 할 거니까 TV 소리나 키워."

"저스. 내가 누구냐. 둘도 없는 친구잖아!"

"야, 인마." 저스티스가 벌떡 일어나 앉는다. 그러고는 매니의 눈을 똑바로 쳐다본다. "딱 한 번만 말할 테니까, 잘 들어. 알았어? 나랑 SJ 사이에는 '아무 일'도 없어."

매니도 저스티스의 눈을 똑바로 마주 본다. "저스, 네가 SJ 좋아하는 거 알아. 걔도 널 좋아하는 게 분명하고……"

"상관없어." 저스티스가 도로 소파에 드러눕는다.

"상관없기는 왜 없……"

"없어, 없다고."

"너, 아주 제대로 돌았구나. SJ는 매력덩어리야. 게다가 너랑 '천생연분'이라고."

"집어치워."

"그러지 말고, 저스……"

"상관없다고 했잖아, 매니!"

"이유가 뭔데?"

저스티스가 한숨을 푹 내쉰다. "온 동네가 발칵 뒤집어지도록 엄마가 노발대발할 거야."

"머?"

"SJ는 백인이잖아."

매니가 무르춤하더니, 가슴에 손을 대고 헉하는 시늉을 한다. "**뭐라고? 너 지금 나 놀리는 거지?**"

"시끄러워, 바보야."

"됐고." 매니가 손사래를 친다. "걔는 '순전한' 백인은 아니잖아. 유대인이라고. 엄연히 다르지."

저스티스는 한숨만 쉰다.

"그들도 노예였다고, 인마. 홀로코스트도 겪었고. 지금까지도……"

"무슨 말인지 나도 알아. 근데 우리 엄마한테는 그런 게 중요하지 않아. SJ는 피부색이 하얗잖아."

매니는 잠잠하다.

"엄마는 피부색이 흰 여자애와 사귀는 걸 허락할 사람이 아니야."

매니는 여전히 말이 없다.

저스티스가 숨을 내쉰다.

매니가 마침내 말문을 연다. "미안한 말이지만, 살다 살다 그렇게 멍청한 소리는 처음 듣는 것 같다."

저스티스는 어깨를 으쓱한다. "어쩔 도리 없지. 내가 해야 할 일 목록에서 윗자리를 차지하는 것이 엄마 속을 썩이지 않는다는 거야. 그래서 SJ와는 '철저하게' 친구로 지낼 거야. 게다가 멜로랑 다시 만나는 중이기도 하고."

매니가 자기 이마를 후려친다. "조금 아까 내가 실언했어. **그거야말로** 난생처음 듣는 멍청한 소리다."

"닥쳐."

"만약 멜로와 SJ가 네 인생의 갈림길이라면, 너는 막다른 골목을 향하고 있어, 이 친구야."

"그딴 말은 대체 어디서 주워듣냐?"

"그냥 내 생각을 말하는 거야. 엄마 얘기는 일단 제쳐 두고, 너 지금 잘못 판단하는 거야."

저스티스가 코웃음을 친다. "미안한데, 충고는 사양할게. 여태껏 여자 친구도 없는 녀석한테 연애 상담 같은 거 받을 생각 없다고."

"어쭈! 지금 당장은 진지한 관계를 맺는 게 내키지 않을 뿐이야. 여자 친구가 없다고 해서 남녀 관계를 잘 유지하는 법까지 모르는 건 아니거든?"

"어휴, 드디어 올 것이 왔군."

"나 진지해, 저스. 지난 17년 6개월 동안 우리 부모님을 지켜보면서 '아무것도' 배운 게 없을 것 같아?"

"아, 됐고. 제발 덕분에 이 얘기 그만하면 안 되냐?"

두 사람은 무거운 침묵에 잠긴 채 대형 TV 화면만 응시하고 있다. 그렇다고 영화를 보는 것도 아니다.

매니가 난데없는 말을 꺼낸다. "내 문제는 너랑 반대인 거, 알아?"

"뭔데?"

"말할 테니까, 놀리지 마. 알겠지? 너를 믿어서 깊이 묻어두었던 어두운 비밀을 털어놓는 거니까."

저스티스가 눈썹을 치올린다.

매니가 숨을 한껏 들이쉬고는, 볼이 빵빵하도록 머금고 있다가 내뿜는다. "나는 흑인 여자애들이 무서워."

"머?"

"흑인 여자애들 말이야. 여태껏 가족 말고는 단 한 사람도 만난 적이 없어."

"그렇구나……."

"우리 졸업반 중에도 흑인 여학생은 없잖아. 내가 만나 본 흑인 여자들이라고는 사촌들뿐인데…… 너무 심해."

"심하다니?"

"진짜 시건방진 게 좀……" 매니가 침을 꿀꺽 삼킨다. "게토 애들이랑 비슷해."

저스티스는 대꾸할 말을 찾지 못한다. 자신이 이 지역에서 겪은 것과는 다른 문제이기 때문이다. 멜로가 흑인 혼혈이긴 하지만, 성깔은 있어도 매니가 말하는 여자애들과는 유형이 다르다.

매니가 말을 이어 간다. "고정관념이나 그 비슷한 거라는 건 나도 알아. 그런데 나는 진짜 말 그대로 다른 흑인 여자애들을 겪어 본 적이 없거든. 부모님은 내가 올가을에 모어하우스 칼리지*에 입학할 거란 생각에 몹시 들떠 있는데, 나는 초조해 죽겠어."

"그건 또 왜?"

"인마, 나는 네가 '유일한' 흑인 친구야. 하루아침에 백인 천지인 세상에서 흑인 천지인 세상으로 가야 한다고."

저스티스는 잠자코 있는다.

"아무튼, 느닷없이 딴소리해서 미안해."

저스티스가 어깨를 으쓱해 보인다. "괜찮아."

• Morehouse College. 조지아주 애틀랜타에 있는 흑인 남자 대학교로, 남북전쟁 직후 노예 신분에서 해방된 흑인들을 위해 설립한 신학교의 후신이다. 마틴 루서 킹은 1944년에 이 학교에 입학했다.

"프린스턴대 같은 대학교에 지원할 걸 그랬나 봐. 훨씬 익숙할 텐데." 매니가 한숨을 쉰다.

저스티스가 매니의 어깨를 잡고 살짝 흔든다. "별문제 없을 거야. 모어하우스 칼리지에도 틀림없이 나처럼 너랑 죽이 맞는 친구들이 많을 테니까."

"사실 진짜 신경 쓰이는 건 스펠먼 칼리지*야. 너도 알다시피 두 학교가 거의 붙어 있잖아. '어딜 가나' 흑인 여학생들이 수두룩할 거 아냐."

저스티스가 웃음을 터뜨린다.

"내가 여자 좋아하는 거 알잖아. 거기엔 내 마음을 알아주는 여자가 아무도 없으면 어쩌지?"

"도움은 주고 싶은데 무슨 말을 해 줘야 할지 모르겠네. 근데 여기든 거기든 다 사람 나름 아니겠어?"

매니가 고개를 끄덕인다. "그건 인정."

두 사람은 또다시 침묵에 빠져든다.

이윽고 매니가 말문을 연다. "저스, 마지막으로 딱 한 마디만 하고, 네 일에 신경 끌게."

"으이구, 또 시작이군."

"엄마를 기쁘게 해 주고 싶은 네 마음은 이해해. 내가 모어

---

* Spelman College. 조지아주 애틀랜타에 있는 유서 깊은 흑인 여자 대학교로, 모어하우스 칼리지와 마찬가지로 입학이 금지된 흑인 학생들을 위해 19세기 말에 설립되었다.

하우스 칼리지에 가기로 마음먹은 유일한 이유도 '스펠먼-모어하우스' 연합 동창회 회원인 부모님 때문이거든. 내가 태어나기도 전에 아들이라는 걸 알았을 때부터 그게 엄마 아빠의 꿈이었대. 아무튼 엄마가 반대할 거라는 이유로 좋은 기회를 스스로 차 버리는 건…… 글쎄, 그건 아닌 것 같다. 인종 문제 같은 어리석은 이유 때문이라면 더더욱."

저스티스가 콧방귀를 뀐다.

"너 지금도 마틴 루서 킹 목사님에게 편지 쓰는 그 일 계속하지? 과연 '그분'이라면 어떻게 했을까?"

"아차차, 내가 코레타 킹 여사**도 흑인이라는 사실을 깜박했네?"

"시끄러워. 딴청 부리지 말고, '마틴 닮기' 실험을 하려면 제대로 해. 백인 여자애라는 이유로 데이트를 거부하는 건 아마 킹 목사님의 길이 아닐 거야."

저스티스가 매니를 노려본다. "너 같은 날라리 새끼한테 털어놓은 내가 바보다."

매니가 히죽거리며 오토만 스툴에서 TV 리모컨을 집어 든다. 그러고는 소파에 구부정하게 앉아 소리를 키우고 영화를 본다.

**·· 코레타 스콧 킹(Coretta Scott King, 1927~2006). 작가, 사회 운동가, 민권 운동 지도자로 활동했던, 마틴 루서 킹의 부인.

9

저스티스는 코앞에 닥친 조지아주 토론 대회 준비에 몰두한 나머지, 크리스마스가 가는 줄도 새해가 밝는 줄도 잘 모른다.

그러는 게 당연하건만, 정작 토론 대회 당일 아침에는 딴생각에 빠져 있다.

조금 전까지는 멜로 때문이었다. 이틀 전에 또다시 헤어졌고, 이제야말로 완전히 끝났다고 저스티스는 확신한다. 둘이서 멜로의 지하실에 앉아 있을 때였다. 멜로가 주저리주저리 늘어놓는 시시껄렁한 얘기를 듣다가, 문득 매니가 했던 말이 5단계 경보음처럼 머릿속에 울려 퍼졌던 것이다. 만약 멜로와 SJ가 네 인생의 갈림길이라면, 너는 막다른 골목을 향하고 있어.

지금은 세라제인 때문이다. 토론 대회가 열리는 호텔의 엘리베이터에서 걸어 나온 세라제인이, 마치 해를 떠오르게 만든 장본인이라도 된다는 듯 저스티스를 보고 활짝 웃는다. 그 바람에 저스티스는 머리가 멍해진다. 세라제인이 학교 식당에서 멜로와 대결 아닌 대결을 벌인 다음 날, 화해를 하긴 했다.(저스티스는 "너를 없는 사람처럼 대해서 미안해."라고 했고, 세라제인은 "용서할게, 멍청아. 다시는 그러지 마."라는 말로 사과를 받아들였다.) 이제야 저스티스는 자신이 얼마나 우둔했는지 알 것 같다. 몸에 딱 맞는 치마 정장에 잘 어울리는 하이힐을 신은 모습을 보고서 더더욱.

"준비됐지?" 세라제인이 저스티스 눈앞에 서서 말한다.

저스티스는 멀거니 바라보기만 한다.

세라제인이 미소를 지우고 손을 뺨에 댄다. "왜? 내 얼굴에 뭐 묻었어?"

"아니." 저스티스가 목청을 가다듬는다. "네 모습이 너무 멋져서 그만."

"아, 고마워." 세라제인의 뺨이 발개진다. 달아오른 그 열기에 자신이 타 버릴지도 모른다고 저스티스는 생각한다. 세라제인이 눈을 찡긋하고는 저스티스의 넥타이를 살짝 잡아당긴다. 미리 약속이라도 한 듯, 세라제인의 치마 정장과 저스티스의 넥타이가 똑같은 적자색이다. "너도 봐 줄 만해."

바로 그때 닥이 아침 뷔페식당 쪽에서 토론부 다른 학생들을 이끌고 모퉁이를 돌아 다가온다. "나의 새끼 사자들아, 잘 잤니?" 닥이 저스티스와 SJ 사이에 서서 제자들의 어깨에 팔을 두른다. "사자후를 토할 준비 됐나?"

"목이 터져라 열라 부르짖을······"

"말조심하세요, 프리드먼 양." 저스티스가 닥을 흉내 낸다.

닥과 세라제인이 큰 소리로 웃는다. "그래도 진심은 알아줄게. 너희 차례는 점심시간 이후지만, 지금도 '단단히' 준비되어 있다, 이거지?"

이렇게 말하면서도 닥은 속내를 내비치지 않는다. 사실 자신이 지도하는 토론부에서 가장 뛰어난 두 제자의 모험을 여전히 이해하기 힘들다. 실제 '토론' 대결을 펼치는 토너먼트 방식의 본선은 애당초 포기하고, 주제 발표 형식으로 진행되는 결선을 준비하는 데만 전념해 왔던 두 사람의 선택을.

다시 말해, 한 방을 노린 제자들의 그 결정을.

"그 어느 때보다 철저하게 준비했어요." 세라제인이 말한다. 그러고는 닥의 등 뒤로 팔을 뻗어 저스티스의 손을 꼭 힘주어 잡는다.

저스티스가 바라보자, 세라제인이 미소를 짓는다.

오늘 하루를 어떻게 헤쳐 나갈지 저스티스는 막막하다.

솔직히, 두 사람은 2주 전에야 주제를 결정했다. 세라제인네 지하실에서 토론 준비를 할 때였다. 세라제인은 엄마가 이스라엘에서 수입한 커다란 고리버들 의자에 책상다리로 앉아 그 위에 노트북을 올려놓고 있었다. 저스티스는 세라제인의 다리를 훔쳐보지 않으려고 애쓰며, 마치 간달프 지팡이인 양 큐를 짚어 가며 당구대를 천천히 돌고 있었다.

저스티스는 세라제인 앞을 지나가면서 또다시 한숨을 내쉬었다. "아무래도 그냥 고정관념 위협으로 결정해야겠다. 논거도 탄탄하잖아."

"그건 맞아. 발표 당사자가 전혀 영향을 받지 않았다는 사실만 빼면." 세라제인이 히죽거렸다.

"어휴, 뭐든 진작 결정할걸. 시간이 너무 촉박……"

"알아, 알아. 나한테 조금만 시간을 줘, 응? 지금 작성 중이니까."

세라제인은 다시 자판을 두드리기 시작했고, 저스티스는 딴 데 정신이 팔렸다. 지난 이틀 동안, 저스티스는 사실 이번이 세라제인과 함께 토론 준비를 하는 마지막 시간이라는 생각에 푹 빠져 있었다. 토론 대회가 끝나면, 세라제인과 함께 지낼 핑곗거리가 없어질 터였다.

그렇게 되면 이제 어쩌지?

저스티스는 세라제인을 또다시 힐끗 건너다보았다. 머리는 되는대로 틀어 올렸고 잘 어울리는 안경을 끼고 있었다. 저스티스가 가장 좋아하는 세라제인의 모습이었다. 맞다, 바로 어젯밤에도 저스티스는, 학업과는 담을 쌓고 사는, 멜로의 지하실에 있었다. 그런데 세라제인과 함께 있을 때는 그냥…… 달랐다. 이대로 끝내고 싶지 않은데 아무리 생각해도 계속 만남을 이어 갈 방법이 떠오르지 않았다.

"아싸!"

"왜, 뭔데?"

"찾은 것 같아! 이리 와 봐!" SJ가 다리를 풀어 저스티스가 앉을 자리를 만들어 주었다.

바짝 붙어 앉은 탓에 저스티스는 자신의 오른쪽 몸에 완전히 밀착된 세라제인의 왼쪽 몸을 느꼈다. 세라제인에게서 과일 향인지 꽃향기인지 모를 향긋한 냄새가 풍겼다. 저스티스는 몰래 심호흡을 하면서 억지로 집중해야 했다.

"이 부분 확인해 봐." 저스티스에게 잘 보이도록 노트북을 돌리면서 세라제인이 말했다. 논문 제목은 '슈퍼 폭력 범죄자의 신화'였다. "골자는 이거야. 지난 1990년대에, 몇몇 권위 있는 연구자들이 아프리카계 미국인 십대 남성들의 폭력 범죄가 앞으로 몇 년 사이에 급증할 것이라고 예측했다. 해당 분야의 '대표적 권위자'는 그 잠재적 범죄자를 슈퍼 폭력 범죄자라고 명명했다."

슈퍼 폭력 범죄자의 신화라면, 저스티스도 이미 알고 있었다. 인종 프로파일링*을 직접 겪은 자신의 트라우마를 해결하기 위해 애쓰던 중에 우연히 발견했던 것이다. 그런데도 세라제인이 읽어 내려가는 것을 말리지 않았다. 발표문 작성에 필요한

---

* 범죄 용의자에 대한 정보를 분석하는 수사 기법인 프로파일링을 특정 인종에 대한 편견으로 인해 차별적으로 적용하는 경찰의 관행. 개인의 일탈 행위라기보다는 오랜 인종 차별의 악폐로 보는 시각이 많다.

자료에 푹 빠져서 속사포처럼 읽는 모습을 언제 또 볼 기회가 있을까 싶어서였다. 이때가 그리워질 터였다.

"다행스럽게도 그 예측은 틀렸어. 거꾸로 청소년 범죄율이 급락했지."

저스티스가 살며시 웃는다. "그랬지……."

"'불행'하게도, 그 연구가 불러일으킨 흑인 남성 청소년들에 대한 공포는 여전히 위력을 떨치는 것 같아." 세라제인이 손가락으로 저스티스의 손목을 쓸었다.

그리고오오오 일어나야 할 시간이 와 버렸다.

저스티스는 다시 당구대를 돌기 시작했다. "그래서 그 문제를 어떻게 풀어 갈 건데?"

"음, 내 생각에는 이 자료를 인종 프로파일링에 대한 논거로 삼으면 좋을 거 같아."

저스티스가 뚝 멈춰 섰다. "설마 진담은 아니겠지?"

"진담이야."

"그러니까 너 떨어지려고 아주 작정했다 이거야, 지금?"

"진정해, 저스. 우리가 무엇에서 떨어지는데?"

"어, 본선?"

"그놈의 본선 따위 잊어버려." 세라제인이 노트북을 덮고 저스티스 쪽으로 다가갔다. "이건 사람들이 반드시 들어야 할 얘기야, 저스. 인종 프로파일링 문제는 캐널 논증거리도 무진장하고!"

"흐음……." 저스티스가 망설이는 것은 탄탄한 논리를 세울 자신들의 능력을 못 믿어서가 아니었다. 세라제인 말마따나, 숱한 논증거리가 자명한 사실을 보여 줄 터였다.

진짜 문제는? 저스티스는 주(州) 토론 대회에서 '인종 카드를 꺼낸' 흑인 남자애라는 비난을 받기 싫었던 것이다.

이윽고 저스티스가 세라제인을 돌아다보았다. 모르면 몰라도 그러지 않는 편이 좋았을 텐데. 그놈의 '감정' 때문에. "나는 잘 모르겠어, SJ."

"네가 그런 일을 당한 뒤로 나는 일주일 동안 잠을 못 잤어. 어쩌면 우승할 기회를 내팽개치는 짓일 수도 있겠지. 하지만 만약 우리가 몇 가지 사실만이라도 알릴 수 있다면, 사람들이 조금이나마 '생각해' 볼 계기가 될지도 몰라. 그건 값진 일이잖아, 안 그래?"

저스티스는 아무 말도 하지 않았다.

세라제인이 저스티스의 어깨에 팔을 척 걸쳤다. 가슴이 저스티스의 위팔에 닿았다. "우리 유종의 미를 거두자. 멋지게 한바탕 벌여 보는 거야."

"SJ, 나는……"

"그러지 말고 제발, 저스!"

세라제인이 입을 삐죽 내밀었다.

저스티스가 한숨을 쉬었다. 세라제인의 간청을 무슨 수로 거절하냐고.

"좋아, 해 보자." 저스티스가 말했다.

고등부 이인조 토론 부문에 출전한 세라제인과 저스티스는 종합 성적 8승 1패 1무를 거두고 결선에 진출한다. 자신들을 호명하자, 두 사람은 조명이 환히 비추는 무대로 올라가 나란히 세워 둔 발언대 앞에 선다. 저스티스 눈에는 심사 위원 세 사람밖에 보이지 않는다.

가운데 앉은 심사 위원이 "시작하세요."라고 하자, 세라제인이 서론을 발표하기 시작한다. 이윽고 "이제부터 저희는 미국 형사 사법 제도권 내의 인종 불균형이 인종 프로파일링의 주요 원인임을 주장하고자 합니다."라고 서론을 끝맺는다. 청중석에서 수군거리는 소리가 서서히 퍼져 나간다. 저스티스는 위를 쥐어짜는 듯한 통증을 느낀다. 겨드랑이에 맺힌 구슬땀이 옆구리를 타고 흘러내린다. 심사 위원 두 사람은 무표정한 얼굴이다. 나머지 한 사람은 백인 여성으로 저스티스와 눈이 마주치자 고개를 끄덕해 보인다.

저스티스는 세 심사 위원을 눈으로 좇으며, 세라제인과 번갈아서 주장을 뒷받침할 통계 자료들을 열거한다. 마약 투약자 대 마약 사범 기소 건수, 상시 순찰 구역에서의 소수 인종 거주 지역 내 체포 건수 대 백인 거주 지역 내 체포 건수……. 슈퍼 폭력 범죄자 문제를 발표할 무렵에는 세 심사 위원 모두가 골똘히 듣고 있다. 그제야 저스티스는 세라제인이 옳았음을 깨달는다. 이 대회에서 우승을 하든 못 하든, 공개 토론에서 이 문제를 다룰 필요가 있었다는 것을.

발표가 끝나자, 저스티스는 꿈속을 걷는 기분이다. 두 사람이 무대 뒤로 간다. 토론부 학생들이 저스티스와 세라제인을 와락 끌어안기도 하고 손을 들어 손바닥을 마주치기도 한다. 닥은 물기 어린 눈으로 저스티스에게 너무나 자랑스럽다고 말한다. 다른 학교 대표로 참가한 흑인 남학생은 맞은편에서 저스티스에게 고개를 끄덕해 보인다. 어느 학교인지는 몰라도 귀엽게 생긴 여학생이 자기 전화번호를 휘갈겨 쓴 컵에 물을 담아 가져다준다. 그런데 세라제인이 그 컵을 쓰레기통에 슬쩍 버리는 모습을 저스티스가 목격한다.

사회자가 결과를 발표하기 위해 다시 무대로 올라가는 소리가 들린다. 저스티스는 무대에서 내려온 다음부터 시간이 얼마나 흘렀는지도 몰랐는데, 어느 틈엔가 닥이 학생들을 줄줄이 이끌고 청중석으로 돌아가고 있다.

저스티스는 여전히 모든 게 실감 나지 않는다.

저스티스가 별생각 없이 무심하게 세라제인의 어깨에 한쪽 팔을 두른다. 세라제인이 몸을 돌려 두 팔로 저스티스의 몸통을 감싸고 저스티스의 목에 얼굴을 묻는다. 저스티스의 다른 팔이 세라제인의 허리에 감긴다.

두 사람은 숨죽이고 있다.

사회자가 3위를 발표한다. 다른 참가자다. 세라제인이 숨을 깊이 들이마신다. 저스티스는 세라제인의 가슴통이 부풀어 오르는 것을 느낀다. 사회자가 2위를 발표하는데 이번에도 다른 참가자다. 저스티스의 팔에 잔뜩 힘이 들어간다. "SJ, 나 하고 싶은 말……"

"쉿. 이따가."

"대장 행세는."

세라제인이 풋, 웃는다. 그걸 보자 저스티스는 한결 긴장이 풀린다.

"조지아주 토론 대회 고등부 이인조 토론 부문 우승 팀은, 브래셀턴 사립 고등학교의 저스티스 매캘리스터와 세라제인 프리드먼입니다!"

두 사람은 굳은 듯이 서 있다.

1월 13일

마틴, 저 미칠 것 같아요.

　이 얘기는 '마틴 닭기' 실험과 아무 관련이 없어서 쓰지 않으려고 했어요. 그런데 가만히 생각해 보니, 실패로 끝난 '사랑의 통합'쯤으로 여길 수도 있겠다 싶더라고요……. 아무튼 꿈에서 깨어난 직후라, 아무리 생각해 봐도 부적절한 것 같아서 절대로 쓰지 않으려고 했는데, 속엣말을 좀 털어놓을게요.

　그러니까 SJ와 제가 토론 대회에서 우승했을 때 얘기예요. 우승 메달을 받고 무대 뒤편으로 돌아간 순간부터 모든 게 달라졌단 걸 느꼈어요. 수상자 발표가 다 끝나기 직전까지 둘이 꼭 껴안고 있던 모습을 머릿속에서 떨칠 수 없었던 터라, SJ가 더없이 아름다운 얼굴로 저를 똑바로 바라봤을 때 깨달았어요. 제가 더는 참지 못하리라는 것을요.

둘이서 활짝 웃는 얼굴로 마주 보고 서 있다가, 제가 몸을 수그려 SJ의 입술을 기습적으로 덮치려는데…….

그 순간 SJ가 홱 돌아서 버렸어요! 정확히 180도로 몸을 돌리고는 반대쪽으로 걸어가기 시작했어요! 그러더니 어깨 너머로 "혹시 선생님 어디 계신지 아니?" 하고 묻더라고요.

제가 키스할 줄 '알았던' 거예요, 마틴!

SJ는 그날 밤 내내 저를 피했어요. 그뿐 아니라 일요일 아침에 걔 차를 타고 학교로 돌아갈 때도 저랑 말도 섞지 않으려고 했어요. 음악만 크게 틀어 놓고 숫제 저를 없는 사람 취급하더라니까요?

이윽고 기숙사 앞에 도착했을 때, 제가 손을 뻗어 차 문을 열려는데 SJ가 이러는 거예요. "토론 대회에서 우승한 거 거듭 축하해."(마치 자기와는 상관없는 일이라는 듯이요.) "너랑 함께해서 정말 즐거웠어. 예일대에 가서도 너는 멋지게 잘 해낼 거야. 또 보자, 저스티스!"

제가 정신 차리고 차에서 내리기까지 조금 시간이 걸렸어요. 그 외계 사이보그 같은 SJ의 정체가 도대체 무언지 헤아려 보느라고요. 토론 짝꿍이었는지, 좋은 친구였는지, 내가 진심으로 키스하고 싶었던 여자애였는지.

제가 짐을 챙겨 내려서 문을 닫자마자, SJ는 차를 출발시켰어요. 그냥 쌩하게.

저는 엄마의 반대를 무릅쓰고 그 애와 사귈 각오를 했는데 말예요, 마틴!

뭐가 어떻게 된 건지 모르겠어요. 저는 잘될 줄 알았거든요. 장담하건대 매니가 저더러 마틴을 닮으려면 제대로 하라고 난리를 친 다음부터, SJ와 제 사이는 여느 때 없이 가까워졌거든요. 케미도 장난 아니었고…… 제가 신호를 잘못 읽은 걸까요?

이젠 어떻게 해야 할지 모르겠어요. 식욕도 없고, 잠도 제대로 못 자요. 집중도 안 되고…… 어디를 가든 무엇을 하든, 그 애가 눈앞에 어른거려요. 짙은 갈색 머리 백인 여자애가 지나가면 그냥 지나쳤다가도 혹시나 싶어서 꼭 다시 확인해요. 매니는 하필 요즘따라 캐리 언더우드 노래에 푹 빠졌어요. SJ네 집에서 같이 토론 준비를 할 때 즐겨 틀어 놓았던 노래거든요. 심지어 어젯밤에는 혹시 엄마 옆에서 자면 도움이 될까 싶어서 집에 갔는데, 엄마가 〈주디 판사〉*를 보고 있더라고요!(주디 판사는 자기랑 친척뻘 되는 사람이 확실하다고 SJ가 그랬거든요.)

이제 그만두는 게 맞겠죠? 말하기도 싫어하는 사람한테 강제로 말을 시킬 수도 없는 노릇이고……

이런 제가 한심스럽기 짝이 없긴 한데, SJ가 차를 출발시켰을 때 점점 멀어져 가던 꼬리등이 자꾸 머릿속에 떠올라요.

될 대로 되라죠. 포기할래요.

이제 다시 잠을 청해 봐야겠어요.

J 드림

•   Judge Judy. 모의 재판정에서 실제로 중재 재판을 하는 리얼리티 법정 쇼. 진행자 주디 샤인들린은 가정법원 판사 출신으로 유대계 미국인이다.

10

그러나 저스티스는 잠을 통 이루지 못한다. 그날 밤뿐만 아니라, 그 주 내내.

꼭 세라제인 때문만은 아니다.

세라제인이 차갑게 돌아선 지 이틀이 지난 아침나절, 저스티스뿐 아니라 전 국민이 타바리어스 젠킨스라는 16세 흑인 소년에 관한 소식을 알게 된다. 렉서스를 몰고 가던 백인 노파를 도우려다 경찰이 쏜 총에 맞아 중상을 입고 끝내 사망했단다.

금요일에 수업이 끝난 뒤, 그 사건에 관해 얘기를 나눌 셈으로 닥의 교실에 들어서려던 저스티스는 멈칫한다. 한발 늦었다. 세라제인이 교실 안에서 눈이 퉁퉁 붓도록 울고 있다. 저스티스는 냉큼 돌아서서 꽁지가 빠지게 달아나고 싶지만, 발이 떨어지지 않는다.

저토록 가슴 아파하는 모습을 보니, 그냥 친구 사이일지라도, 저스티스는 자신이 체포당했던 그날 밤만큼이나 무력감을 느낀다. 세라제인이 자신을 노려보던 모습으로 미루어 보건대, 저 울음의 원인 중에 자신도 있을까 하는 의문이 절로 든다.

그렇다고 해도 저스티스에게 뾰족한 수가 있나? 이미 자신에게서 돌아섰는데?

눈싸움하듯 서로 하염없이 빤히 바라보기만 하더니, 세라제인이 눈물을 훔치고 책가방을 낚아채듯 집어 들고는 교실 문을 나선다. 닥이 뒤쫓아 나오며 불러도 쌩하게 가 버린다. 그제야 닥이 저스티스를 발견한다. "이게 대체 무슨 일이니?"

"아, 선생님도 모르세요?" 이렇게 되묻고 돌아서서 가려다 말고, 저스티스는 안으로 들어가 책상에 걸터앉는다.

닥이 팔짱을 낀 채 눈썹을 찌푸린다. "딱히 해 줄 말이 없구나, 저스."

"안타깝네요." 저스티스가 닥의 눈을 똑바로 바라보며 말한다. "선생님께 뭔가 들을 수 있기를 바랐는데요."

두말할 것도 없이, 지금 저스티스는 얘기를 나눌 기분이 아니다. 세라제인이 학교를 벗어났겠다 싶을 즈음 어리둥절해하는 닥에게 인사를 한 뒤 곧장 기숙사로 향한다.

저스티스는 가까스로 막 잠이 들었다가 노크 소리에 번쩍 눈을 뜬다.

"누구세요?"

"문 열어, 바보야."

매니다.

저스티스가 마지못해 일어나 문을 열고 말한다. "왜, 인마."

"야, 너 그 버르장머리 좀 어떻게 해 봐." 매니가 저스티스를 밀치고 방으로 들어선다. 야구 연습을 하고 오는 길이라 땀 내가 진동한다. "자려던 거야, 뭐야?"

"안 보여? 땀내 풀풀 풍기는 놈이랑 여기 서서 얘기 중이잖아. 샤워나 해."

"시끄러워. 오늘이 무슨 날? 금요일 밤이지. 우리한텐 갈 데가 있고. 얼른 옷 입고 나가자."

저스티스가 다시 침대에 드러눕는다. "미안해. 오늘 밤에는 정말로 아무 데도 가고 싶지 않다."

"부탁한 게 아니야, 저스. 이번 주 내내 축 처져 있는 거 내가 모를 줄 알았냐? 너 지금 이런 상태로 혼자 있으면 정신 건강에 안 좋아. 블레이크가 오늘 밤에 생일 파티 한다니까, 같이 가자."

"됐어. 난 안 가."

"그렇담, 좋아." 매니가 책상 밑에서 끌어낸 의자를 침대 옆에 놓고 걸터앉는다. "침대에 계속 있고 싶어? 그러시든지. 더러워도 별수 있나, 네 옆에 꼭 붙어 있을 수밖에."

"어휴, 매니! 제발 좀 꺼져 주라." 저스티스가 베개로 얼굴을 덮어 버린다.

매니는 아예 신발을 벗어 던지고 깍지 낀 손을 뒤통수에 댄 채 코를 찌르는 고린내를 방 안 가득 내풍긴다. 그러면서 히죽 거린다.

저스티스한테는 이따금 도저히 참을 수 없는 녀석이다.

저스티스가 심호흡을 한다……. 별로 내키지 않는 제안이 다. "야, 미친놈아, 어휴, 냄새. 그래, 간다, 가."

"좋았어!" 매니가 벌떡 일어선다. "주차장에서 차 가져올 테니까, 10분 뒤에 내려와."

"그래, 알았어."

"후회 안 할 거야." 매니가 문을 열어 두고 간다.

매니가 자기 지하실에 들어서자마자 파티에 참석하기 전에 미리 마시고 갈 술을 저스티스의 손에 쥐여 준다. 그것을 받아 든 걸 보면 저스티스의 정신이 아주 말짱한 상태는 아니다. 입 밖에 낸 적은 없지만, 이곳에서 놀러 나갈 채비를 하는 매니를 기다리느니 세라제인네 집에서 내셔널 지오그래픽 방송을 보고 싶은 마음이 간절하다. 세라제인 생각만 하면 미쳐 버릴 것 같다. 어느새 술잔이 비었다. 저스티스는 매니가 오토만 스툴 위에 놓고 간 휴대용 술병으로 손을 뻗는다.

"야, 너 울어?" 마침내 방에서 나온 매니가 묻는다. 아르마 니 코드로 목욕이라도 한 듯 향수 냄새가 진동한다.

"아니, 울기는." 저스티스가 옷소매로 얼굴을 훔친다. "눈 에 뭐가 들어갔어."

매니가 옆에 앉는다. "SJ 때문이야?"

"머?"

"토론 대회장에서 있었던 일 들었어."

저스티스는 어이가 없다. "뭘 들었는데?"

"네가 키스하려고 했는데 걔가 차갑게 돌아섰다는 얘기."

저스티스는 고개를 절레절레 흔든다. "도대체 네가 그 얘길 어떻게 들을 수가 있어?"

"작은 학교잖아." 매니가 어깨를 으쓱해 보인다. "사람들은 말이 많고."

저스티스는 아무 말이 없다.

"너 걔 사랑했구나? 가슴이 찢어질 것 같고 막 그래, 어?"

"워워, 야. '그렇게' 흥분할 일 아니니까 진정해."

"저스, 네가 지금 여기서 울고 있는데……"

"우는 거 아니라니까."

"됐다, 바보야." 매니가 구부정하게 앉아 천장을 물끄러미 올려다본다. "사랑에 빠지면 그렇게 '될 수밖에' 없어."

잠깐 동안 두 사람은 묵묵히 앉아 있다. 매니는 뭔지 모를 생각에 잠기고, 저스티스는 머릿속에서 세라제인을 몰아내려고 애쓰고 있다. 그러다가 저스티스가 머릿속 한쪽을 차지하고 있던 다른 얘기를 꺼낸다. "타바리어스 젠킨스 얘기 들었어?"

"플로리다에서 총에 맞았다는 그 애, 맞지?"

"응. 어제 죽었대."

"존나. 진짜 안됐다."

"나도 그 꼴이 났을 수 있었다는 생각이 머릿속에서 맴돌아. 만약에 그 경찰관이 내가 총을 갖고 있다고 생각했다면 어떻게 됐을까?"

"너는 안 갖고 있었는데, 뭘."

"타바리어스도 총이 없었어." 저스티스는 점점 분노가 차오른다. "내가 하려는 말이 바로 그거니까 들어 봐. 흑인 남자애가 친구들과 길을 걸어가는 중이야. 그런데 길을 잘못 들어서 헤매다가 차에 기름까지 떨어진 어떤 부인을 보고 도와주려고 멈춰. 얼마 후 그곳에 도착한 경찰들이 걔한테 대뜸 손을 들래. 강도짓을 한다고 넘겨짚은 거야. 걔가 시키는 대로 손을 드는데 경찰들이 총을 쏴. 걔 휴대폰을 총이라고 생각해서. 씨발 좆같잖아." 저스티스는 또다시 휴대용 술병을 입에 대고 벌컥벌컥 마신다. "검둥이들은 사탕이나 휴대폰 따위를 갖고 있다는 이유로 사살되고 있다고. 그날 밤에 '내가' 휴대폰을 갖고 있었다면 '나한테' 무슨 일이 생겼을 것 같아? 죽었을지도 모른다고, 인마. 근데 도대체 왜?" 저스티스는 또다시 술을 들이켜면서 그저 분노를 불태운다.

"그 정도면 충분해, 그만 마셔." 매니가 휴대용 술병을 빼앗고는 저스티스의 무릎을 토닥거린다. "당장 파티 장소로 출발하자. 너는 기분 전환이 필요해, 확실히."

저스티스는 마음 한편으로 매니를 부여잡고 마구 흔들고

싶다. 자신과 비슷하게 생긴 소년의 부당한 죽음보다 그 멍청한 백인 소년의 파티에 더 마음이 쏠리는 이유가 무엇이냐고 다그치고 싶다.

너무나 안타깝게도 저스티스는 그런 울분을 털어 버리지 못한다.

"그래, 알았어. 가자."

혹시 블레이크네 집에 가는 동안 매니가 다시 채워 온 휴대용 술병을 반이나 비우지 않았다면 어땠을까. 그랬더라도 저스티스의 눈에 피부가 검고 입술은 두껍고 빨간 목각 잔디밭 기수˙가 블레이크네 현관 계단 밑에서 집을 지키고 서 있는 모습이 그토록 거슬렸을까? 혹시 매니가 말렸을 때 그 좋은 기회를 놓치지 않고 절제했다면 어땠을까. 그랬어도 저스티스는 블레이크네 지하실 간이 스탠드바의 뒷벽에 줄줄이 붙여 둔 '윌리엄 H. 웨스트 극단의 민스트럴 기념제'˙˙ 포스터를 보고 격분했을까?

유감스럽게도 저스티스는 절제하지 못했다. 매니가 기어코 술병을 빼앗아 저스티스의 손이 닿지 않는 운전석 문 안쪽 수

˙   한 손에 말고삐를 잡고 있는 승마 기수나 등불을 들고 있는 마부 차림의 작은 조각상으로 잔디가 깔린 앞마당에 세워 둔다. 대체로 검은 얼굴에 두껍고 커다란 입술을 빨갛게 칠한 흑인 모습이다.

˙˙ 민스트럴 쇼는 백인 배우들이 얼굴을 검게 분장하고 흑인 노예의 삶을 희화화하는 인종 차별적 코미디 공연으로 19세기 중반에 성행했다.

납공간에 찔러 넣을 때까지 마시고 또 마셨다. 그러다 보니 파티 주인공이 뛰어나와 두 사람을 맞이할 무렵, 저스티스는 금방이라도 폭발할 지경에 이른 것이다.

매니: 생일 축하한다!

저스티스: 나도, 생일 축하해.

블레이크: 너희가 와 줘서 정말 기분 좋다!

매니가 빙긋 웃으며 '내가 뭐랬어.'라고 말하듯 저스티스에게 윙크한다.

"야, 얘들아." 블레이크가 이어 말한다. 블레이크도 계속 술을 마시고 있었던 게 분명하다. "디케이터 사립고에 다니는 애도 왔는데 말이지, 죽여주는 흑인 여학생이거든. 너희라면 바람을 잡아 줄 수 있겠다 싶더라고. 엉덩이가 그렇게 큰 여자애는 처음 봤어. 생각해 보니까 걔가 내 검둥이 친구들을 만나면 위층까지 나를 따라올 가능성이 높을 거 같더라. 내 마음 알지, 짜식들아?" 블레이크가 팔로 저스티스를 뚝 치면서 활짝 웃는다.

매니의 얼굴에서 웃음기가 싹 가신다. 매니가 저스티스를 살펴본다. 이제 곧 난장판이 되리라는 것을 거의 '알고 있는' 사람처럼.

"이 멍청한 새끼가 지금 그걸 말이라고 하냐?"

블레이크가 어리둥절해한다.

"저스, 진정해." 매니가 나선다.

"그렇겐 못 하지, 지금 내가 '진정하게' 생겼냐고. 매니, 네 친구는 인종 차별적인 잔디밭 기수를 세워 놓았고, 벽에는 검은 얼굴로 분장한 백인들의 포스터를 줄줄이 붙여 놨어. 그것도 모자라서 이따위 개소리를 지껄이는데, 너는 내가 '진정하면' 좋겠어?"

블레이크가 눈을 굴린다. "야, 그 쓰레기 같은 것들은 나랑 아무 상관 없어. 우리 엄마의 친척 할아버지가 그 연극에 출연한 배우라서, 포스터 몇 장을 붙여 둔 것뿐이라고. 진짜 별일 아니야."

"네가 흑인 여학생을 '농락'하는 걸 도와 달라고 우리한테 부탁한 짓, 그건 '별일'이야, 블레이크. 마치 네 것이라도 되는 듯 n자 단어를 함부로 내뱉은 건 말할 것도 없고."

블레이크: 그건 내 것도 네 것도 아니지. 언어는 누구의 전유물도 아니니까. 네가 그 정도는 알 거라고 생각했지. 예일대에 입학할 만큼 '똑똑한 사람'이라면 말이야.

매니: 그래그래, 얘들아. 일이 걷잡을 수 없이 커지기 전에 마음 가라앉히자.

저스티스: 이미 걷잡을 수 없게 됐어, 매니. 네 친구 블레이크는 인종주의자라고.

블레이크: 너희 족속은 왜 그렇게 그놈의 인종 카드를 못 써먹어서 안달이냐, 어?

저스티스: '너희' 족속이라. 매니도 우리 족속이라는 건 알고 있지?

블레이크: 매니는 예외지. 분별력도 있고 모든 걸 인종 문제로 여기지 않으니까. 야, 좀 느긋하게 생각하면 안 되냐?

저스티스: 그건 여자 친구를 도우려던 나한테 수갑을 채운 경찰이 들었어야 할 말인데, 여기 없어서 참 유감이네.

블레이크: '예전' 여자 친구 말하는 거야? 너 걔한테 차인 거 아니었어?

그때 재러드와 타일러가 각자 양손에 빨간 컵과 맥주병을 하나씩 들고 다가온다. "친구들!" 재러드가 소리친다.

그 말이 저스티스의 화를 돋운다.

저스티스: 무엇이든 마음대로 해도 되는 것처럼 구는 너네한테 신물이 나.

재러드: 이야, 이 새끼 봐라. 너 뭐 때문에 꼴값 떨고 자빠졌냐?

타일러: (웃음을 터뜨린다.)

저스티스: 엿이나 먹어, 재러드.

재러드: 어쭈, 이젠 아주……

블레이크: 새끼야, 내 생일 파티에 온 내 친구들한테 까불지 마.

매니: 저스티스, 그냥 가자.

저스티스: (블레이크를 가리키며) 등 뒤 조심해라, 새끼야.

블레이크: 가만, 지금 나 '협박'하냐?

재러드: (큰 소리로 웃으며) 조심하는 게 좋겠다, 블레이크.

저스티스가 자란 동네 너도 알잖아. 그 동네 조폭 친구들을 불러 모아 차를 몰고 스쳐 가면서 총을……

어느 틈엔가 저스티스의 눈에는 빨간색밖에 보이지 않는다. 왼손과 오른쪽 턱은 욱신거리고 턱 아래로 뜨듯한 것이 흘러내리고 있다. 비척비척 일어서는 재러드는 입술이 찢어지고 눈은 퉁퉁 부었다. 블레이크는 두 손으로 바닥을 짚고 무릎을 꿇은 채 카펫 위에 코피를 쏟고 있다.

이번에는 코피를 막을 원뿔형 복면도 없다.

누군가 양팔로 감싼 채 '저스티스'의 두 팔을 옆구리에 꽉 붙이고 있다. "이거 놔." 저스티스가 소리치면서 몸을 비틀어 누군가의 손아귀에서 벗어나려고 기를 쓴다.

매니다. 역시나 입술에서 피가 흐르고 있다.

타일러 혼자만 유일하게 멀쩡해 보이는데…… 오른손을 위아래로 털어 대는 게 저스티스의 눈에 들어온다.

두말할 것도 없이 구경꾼들이 몰려들었다.

매니: 도대체 문제가 뭐야, 저스티스?

저스티스: 야, 나한테 한 마디도 하지 말고 당장 입 다물어.

매니가 무르춤한다. "뭐? 너한테 말도 붙이지 말라고?"

저스티스: 나쁜 건 쟤들이나 너나 똑같아.

매니: 대체 뭐라는 거야? 나와 세상과의 싸움이라는 듯한 그 따위 짓거리를 왜 시작하게 됐는지는 모르겠지만, 너한테 필요한 건 자제력을 기르는 거야.

저스티스: 저놈들은 항상 너를, 아니, '우리'를 깔봐. 그런데도 넌 아무 말도 못 해. 재들이 무슨 말을 해도 고분고분 받아들이기만 하잖아.

매니: 재들은 내 '친구'야, 저스. 네가 지나치게 예민한 거라고.

저스티스: 내가 맞혀 볼까? 그거 재들 입에서 나온 소리지? 어떤 인종 차별적 농담을 듣고서 네가 언짢아했을 때. 아니야?

매니: 야, 너 아주 단단히 돌았어. 밖에 나가서 머리 좀 식히든가 해.

저스티스가 머리를 절레절레 흔든다. 그러고는 매니를 머리부터 발끝까지 훑어본다. "그거 알아? 넌 배신자야. 올가을에 모어하우스 칼리지에 가거든 부디 행운이 따르길 빈다." 저스티스는 몰려든 구경꾼들을 밀치고 나와 웅성거리는 소리를 들으며 뒷문으로 향한다. 막 문을 열려는 저스티스의 귀에 고함 소리가 들린다. "내 생일 파티 망쳐 놔서 고맙다, 개자식아!"

저스티스는 터벅터벅 언덕길을 올라간다. 그러고는 으리으리한 저택들이 들어선 블레이크네 동네에서 나가는 길이라고 생각되는 쪽으로 걷기 시작한다. 여전히 취한 상태라 정신은 몽롱해도 큰길까지 가는 길만 찾으면 학교로 돌아갈 방법이 있을 터이다.

얼마만큼 어디까지 왔는지도 모른 채 걸어가는 저스티스 옆에 군청색 레인지로버가 멈춰 선다.

"타." 매니가 운전석에 앉은 채 말한다.

"아냐, 괜찮아."

"저스, 지금 영하 1도인 데다 엉뚱한 길로 가고 있어. 멍청하게 굴지 말고 어서 타."

"싫다니까."

매니의 차가 쌩하고 앞으로 나가는가 싶더니 방향을 홱 틀어서 저스티스의 앞길을 막는다.

"이게 무슨 짓이야? 차로 치기라도 하게?"

"헛소리 말고 타기나 해, 저스."

저스티스가 이를 악문다.

"인마, 우리 우정을 지킬 마음이 '조금이라도' 있다면 똥고집 부리지 말고 당장 타."

매니가 저스티스를 바라본다.

저스티스가 매니를 맞바라본다.

매니가 손을 뻗어 조수석 문을 연다.

저스티스가 돌아서서 반대쪽으로 걸어가기 시작한다.

1월 19일

마틴에게

있죠, 마틴은 어떻게 해냈는지 상상도 못 하겠어요. 그냥 곧장 말할게요. 그놈의 엘리트주의 학교에서 복도를 걸어갈 때마다 여긴 내가 있을 곳이 아니라는 생각만 들어요. 재러드든 누구든, 그 패거리가 입을 나불거릴 때면 그들이 한통속이라는 걸 새삼 느껴요. 또다시 흑인이 총을 맞고 쓰러졌다는 뉴스라도 볼라치면 저를 인간이 아니라 위협물로 보는 사람들이 떠올라요.

타바리어스 젠킨스 사건이 터진 뒤에 어떤 백인이 텔레비전에 나왔는데요. 타바리어스나 셰마 사건 같은 건 흑인이 흑인에게 저지르는 범죄 문제에서 파생되었다는 식으로 얘기하더라고요. 하지만 이 땅으로 끌려온 이후부터 줄기차게, 너희는 존중받을 자격이 없다는 말을 들으며 살아온 흑인들이 서로 존중하는 법을 어떻게 알겠어요?

도대체 우리는 어떻게 해야 해요, 마틴? 저는 어떻게 해야 할까요? 백인 남자애가 흑인 여학생을 농락할 셈으로 자기가 아는 '검둥이들'에게 도와 달라는데도, 매니처럼 아무것도 잘못된 게 없다는 듯 행동해야 해요? 그저 그들이 하라는 대로 하고, '너무 예민하게' 굴지 않으려고 조심해야 해요? 문제를 문제로 인정하지 않는 사람들에게 나 자신의 정체성이 조롱당할 때, 저는 어떻게 해야 하는 거예요?

오늘 밤에 제가 잘못했다는 건 잘 알아요. 그래도 지금은 뉘우칠 마음이 조금도 없어요. 그 자식들은 아니꼬운 짓을 멋대로 하는데, 제가 왜 비위를 맞춰야 하는데요?

솔직히 털어놓아야겠네요. 마틴의 설교문과 책 들을 읽고 공부한 지 오늘로 6개월이 되었어요. 그 결과 얻은 거라곤 좌절과 패배감밖에 없는 것 같아요. 제가 블레이크네 집을 나설 때 어떤 여자애가 "흑인들은 맨날 왜 저렇게 화를 내지?"라고 말하는 것을 똑똑히 들었어요. 그런데 제가 분노 말고 어떤 감정을 느껴야 할까요?

손이 아프네요. 이만 잘게요.

JM 드림

11

똑똑똑.

저스티스가 누운 채로 몸을 옆으로 굴려 더듬더듬 휴대폰을 찾는다. 실눈을 뜨고 눈이 부시도록 환한 화면을 들여다본다. 부재중 전화 17통, 음성 메일 4통, 문자 메시지 9통. 발신자는 매니, 엄마, 멜로다.

누군가 또다시 노크하더니 소리친다. "저스? 안에 있니?"

저스티스가 꿍 신음한다. "저스티스 매캘리스터는 전화를 받을 수 없습니다. 메시지를 남겨 주세요."

"선생님이야. 문 열어."

닥 선생님?

저스티스가 후다닥 일어나 앉다가 무엇인가에 이마를 세게 찧는다. "아야!"

"저스, 괜찮니?"

"문 열려 있어요." 저스티스가 정신을 차리고 여기가 어딘지 어떻게 들어왔는지 생각해 볼 겨를도 없이, 닥이 발치에 쭈그리고 앉아 있다. "밤새 안녕 못 했겠는걸?"

마호가니 책상 밑면이 어룽거린다.

그제야 저스티스는 바지가 정강이에 걸쳐져 있는 것을 깨닫는다.

"헉!" 저스티스는 허겁지겁 책상 밑에서 기어 나가 바지를 끌어 올리고 일어서는데, 머리가 너무 지끈거려 몸을 휘청한다.

"아이고, 저런." 닥이 바로 뒤에 있는 책상 의자를 가리킨다. "앉아."

저스티스가 시키는 대로 하자, 닥이 가방에서 이온 음료 한 병을 꺼내서 내민다. "마셔. 쭉쭉 다. 틀림없이 탈수 상태일 테니까."

저스티스가 병을 거꾸로 쳐들고 음료를 들이켜다 묻는다. "지금 몇 시예요?"

"네 옆에 있는 탁상시계에 따르면, 11시 11분." 닥이 슬며시 웃으며 덧붙인다. "어서 소원을 빌어. 아닌가? 요즘 애들은 그런 거 안 하나? 도무지 너희를 따라가기가 힘들구나."

저스티스가 방 안을 두리번거린다. 브래셸턴 사립 고등학교에서는 커튼으로 통하는 티슈페이퍼 창문 가리개를 뚫고 햇빛이 쏟아져 들어온다. 학교 이름이 떠오르는 순간 머리가 다시 지끈거리기 시작한다.

게다가 욕지기가 나서 못 참겠다. "욱…… 잠깐만요." 저스티스는 의자에서 일어나 앞으로 엎어질 듯한 자세로 욕실로 향한다.

방금 마신 음료를 다 게워 낸다.

변기 물을 내리고 얼굴에 찬물을 몇 번 끼얹은 다음, 거울을 가만히 들여다본다.

그제야 퍼뜩 정신이 든다. '내 방 책상 밑에서 바지를 내린 채로 있다가 방금 선생님한테 걸린 거지?'

혹시 꿈인가?

"저기…… 선생님? 아직 거기 계세요?"

"그럼."

저스티스는 침을 꿀꺽 삼킨다. "선생님은, 어…… 이렇게 화창한 토요일에 할 일이 없으세요?"

"이리 나와, 저스."

에이 씨. "꼭 그래야 돼요?"

"아니. 하지만 그러는 게 너한테 가장 이로울 건 분명해."

저스티스는 다시 한번 찬찬히 거울을 들여다보고는 머리를 흔든다.

닥이 팔꿈치를 무릎에 얹고 손깍지를 낀 채 깔끔하게 정리되어 있는 침대에 걸터앉아 있다.(간밤에 누운 흔적이 없는 침대를 보면서, 저스티스는 또다시 머리를 흔든다.) 닥이 빙긋 웃으면서 고갯짓으로 의자를 가리킨다. 잠시 후 의자에 앉은 저스티스에게 말한다. "얘기해 봐, 저스."

저스티스가 두 손으로 얼굴을 쓸어내린다. "무슨 말을 듣고 싶으신데요?"

"그냥 무슨 일이 있었는지 궁금할 뿐이야. 두 시간 전에 매니한테 전화가 왔어. 네 걱정이 태산 같더라."

저스티스가 콧방귀를 뀐다.

닥이 웃는다. "그렇게 나올 거라고 하더라."

"됐고요. 그 자식은 저를 몰라요."

닥의 표정이 진지해진다. "무슨 일이 있었는지 말해 봐라."

"그러니까 매니가 일러바치려고 전화했는데 아무 말도 안 했다 그 말이에요, 지금?"

닥은 묵묵부답이다. 그저 초록 눈으로 꿰뚫어 보듯 저스티스를 바라볼 뿐이다. 질책하는 눈빛도 전혀 아니다.

그런 닥을 마주 보고 있자니, 어젯밤 일들이 저스티스의 머릿속에 밀려든다. 타박상을 입은 손은 통증이 심해지는 것 같다. 저스티스가 고개를 떨군다. "제가 다 망쳐 놨어요, 선생님."

"어떻게 망쳤는데?"

저스티스가 고개를 들어 바라본다. "정말로 매니가 아무 말도 안 했어요?"

닥이 호주머니에서 휴대폰을 꺼내 화면을 몇 번 두드리더니 들어 올린다. 매니의 목소리가 휴대폰 스피커에서 흘러나온다. 안녕하세요, 선생님. 토요일에 폐를 끼치고 싶지는 않은데요……

혹시 괜찮으시다면 기숙사에 들러서 저스티스를 살펴봐 주실 수 있을까요? 걔가 좀 힘든 일을 겪고 있는데 제, 어…… 음, 제 전화를 받지 않거든요. 게다가 틀림없이 저는 꼴도 보기 싫어할 거예요. 잠깐만 들러서 괜찮은지 확인만 해 주시면, 정말 감사하겠습니다. 방은 217호예요.

"무슨 일인지 알아보려고 내가 전화했는데, 너희 둘이 술을 좀 마셨고 의견 충돌이 있었다는 말만 하더라. 아무래도 너한테 대화를 나눌 사람이 필요하다고 여긴 모양이야."

저스티스는 아무 말이 없다.

"무슨 일이 있었던 거니? 네가 매니를 꼴도 보기 싫어 할 거라는 말은 또 뭐고?"

저스티스가 머리를 긁적거린다. 이발할 때가 되었구나 싶다. "제가 술에 취했었어요, 선생님."

"그거야 짐작하고도 남을 일이고." 닥이 저스티스가 비운 이온 음료 병을 가리키며 말한다.

"술에 취해서 블레이크 벤슨네 집에 간 것이 실수였어요. 제가 몇 가지 일에 폭발해서 그만…… 엉망진창으로 만들어 놓았어요."

"자세히 설명해 보겠니?"

저스티스가 한숨을 쉰다. "경찰한테 체포당한 이후로 내내 신경이 곤두서 있었어요. 그 전에는 대충 넘어가거나 무시하려고 했던 일들도 눈에 거슬리고."

"그럴 만도 하지."

"어이없는 얘기로 들릴지 모르겠지만, 제가…… 프로젝트를 시작했는데요. 지난 6개월 동안 킹 목사님에 관해 다시 공부하면서 제 삶에 적용해 보려고요? 그러니까, 그게……" 저스티스가 닥을 쳐다본다. 여전히 질책하는 기색은 없다. "공책에다 목사님에게 보내는 편지를 쓰는 거였어요."

"책상 위에 있는 저거?"

저스티스가 어깨 너머로 하얀 여백에 '마틴에게'라고 써 놓은 파란 작문 공책을 건너다보다 대답한다. "네."

닥이 고개를 끄덕인다. "얘기 계속해."

"음, 잘 해내고 있었어요. 아니, 그런 줄 알았는데…… 제가 열한 살 때 아빠가 어떻게 돌아가셨는지 전에 말씀드렸던 거 기억하세요?"

"그럼."

"군대에서 제대하고 나서 아빠는 외상 후 스트레스 장애를 겪었고, 알코올 중독자가 됐어요. 돌아가시기 전까지 술에 취하면 분노를 터뜨렸고, 어…… 엄마를 때리곤 했어요."

"유감스러운 일이구나, 저스."

저스티스가 어깨를 으쓱한다. "속수무책이었어요. 한번은 곁눈질로 아빠 눈을 본 적이 있는데, 눈에 담긴 게 아무것도 없었어요. 심지어 몸속에도 거의 아무것도 없어 보였어요. 뭐랄까 뇌가 머리를 비우고 떠나 버려서, 손발이 자동 장치로 조종당하는 것 같았어요."

닥이 고개를 끄덕거린다.

"어젯밤에 그 비슷한 일이 저에게 일어났나 봐요. 블레이크
네 지하실에서 본 것 때문에 가뜩이나 열 받았는데, 블레이크
가 마중 나와서 눈알이 뒤집히는 소리를 하는 바람에 옥신각신
했던 건 기억나요. 그러고 나서 어느 결에 정신을 차리고 보니
저는 손이 아파 죽을 것 같았고, 블레이크와 재러드는 바닥에
서 일어서고 있었어요."

"그랬구나."

"예." 저스티스가 키득거린다. "이 얘긴 하지 말 걸 그랬어
요. 퇴학 사유인데."

"내가 듣기엔 '책임지겠다'는 소리 같은데? 그건 이 학교의
명예 규율 중 네 번째에 해당하는 거 맞지?" 닥이 씩 웃는다.

"그럴 거예요. 아무튼 지금 생각해 보니까 섬뜩해요. 제가
'결단코' 닮기 싫은 사람이 아빠거든요. 음주 운전을 하다가 충
돌 사고를 내고 불길에 휩싸여 죽기는 싫어요. 그런데 어젯밤
에 제가 '딱' 아빠 같은 짓을 했어요. 맹세코 두 번 다시는 술을
안 마실 거예요."

닥이 껄껄 웃는다. "시작이 좋구나."

"그런데 매니는……" 저스티스는 고개를 젓는다. "정말이
지 이해가 안 돼요. 왜 그런 개자식들을 참고 견디는지……."
저스티스가 닥을 바라본다. "이크, 죄송해요."

닥이 미소 짓는다. "괜찮아. 여긴 네 영역이니까. 그래서?"

"멍청한 소리인 건 아는데요, 옳지 않다는 사실을 '모를 수 없는' 문제들까지도 매니가 걔네들한테 맞장구치는 걸 들으면…… 모르겠어요, 선생님."

닥은 잠자코 있다.

"매니한테 배신자라고 했던 건 또렷이 기억나요. 아직도 화가 안 풀려요. 후회스럽지도 않아요. 아마 매니가 어젯밤에 걔들을 두둔하려던 건 아니었을 거예요. 그건 아는데, 블레이크며 재러드와 말다툼했는데 왜 '저'를 몰아세워요? 걔들이 자기를 깔보아도 아무렇지 않다는 것과 뭐가 달라요? 아니면 저를 깔보는 것일지라도 말예요."

닥이 고개를 끄덕인다. "내가 잠깐 상대편 입장에서 말해도 괜찮겠니? 네 심정을 묵살하려는 건 아니고, 다만 네가 조금 더 균형 감각을 갖추었으면 해서 말이지."

"알겠습니다."

"그러니까 나는 매니와 비슷한 환경에서 자랐어. 10학년 때 도시에 있는 마그넷 스쿨*로 전학했는데, 그 학교에서 유색인은 나 혼자뿐이었지. 뭇시선을 받을 때 할 수 있는 게 오직 자신을 다잡는 길밖에 없다는 것을 깨달았을 때의 그 느낌, 너

---

* Magnet School. 교육과정을 다양화한 특성화 교육과 해당 학군 이외의 지역에 지원할 수 있는 학교 선택권을 보장하는 공립학교.

기억나니?"

"제가 어떻게 잊을 수 있겠어요?" 저스티스가 팔목을 문지른다.

"새로 간 학교에서 내 처지가 꼭 그랬어. 연한 피부색에 초록 눈이었는데도 모두가 나를 흑인으로 봤어. 흑인 아이들은 내게 흑인 사회의 문화와 통속어를 낱낱이 알기를 기대했고, 백인 아이들은 흑인처럼 '행동'하기를 기대했지. 나로서는 충격적인 깨달음이었다. 백인들에게 '인정받으려고' 평생을 보내는 흑인이라면, 역사를 외면하는 건 쉽고 여전히 남아 있는 문제를 직시하기가 어려운 법이야. 내 말 이해하겠니?"

"이해할 것 같아요."

"이번엔 네 처지에서 말해 볼까? 네가 잘해 나갈 길은 오직 네가 '스스로'에게 만족하느냐에 달렸어. 사람들은 너를 무시할 거야. 그런데 그게 뭐? 재러드 같은 사람들은 네가 나아갈 앞길과 아무 상관이 없어. 그들의 주장이 사실이 아니라는 걸 '네가' 아는데, 왜 그런 말에 휘둘려?"

저스티스가 고개를 젓는다. "무슨 말씀인지는 알겠는데, 그렇게 간단한 문제가 아니에요."

"계속해 봐."

"좌절감에 빠진다고요! 열심히 노력해서 내 길을 닦고 있는데, 너는 못 한다는 둥 넌 하찮다는 둥 그따위 말을 찍찍 해대면 얼마나 상처받는데요."

"그거야 당연하지. 그런데 그 노력을 누구를 위해서 하는데? 그들을 위해서? 아니면 널 위해서?"

저스티스가 머리를 두 손에 묻는다.

"짧게 한마디만 더 하마. 대학원 시절에 내 머리는 거대한 아프로 머리*였어. 대개 레게 머리를 하고 다녔지. 내가 맨 처음으로 교수실에 갔을 때, 지도 교수가 대뜸 얼굴을 찌푸리던 모습은 평생 못 잊을 거야. 박사 과정 내내 그 교수는 내 논문을 혹평했지. 너는 절대 성공하지 못할 거라는 말도 대놓고 했어. 그 교수 말을 귀담아들었다면, 내가 여기 앉아서 너와 얘기를 나누는 일은 없었겠지."

저스티스가 한숨을 내쉰다.

"이제 그만 일어나야겠다. 좀 쉬어." 닥이 걸터앉은 침대에서 일어선다. 가방에서 이온 음료 한 병과 알약 두 개가 들어 있는 지퍼 백을 꺼내 협탁에 올려놓는다. "양호실에서 해열 진통제 좀 받아 왔어. 수분은 계속 섭취하도록 해, 알았니?"

저스티스가 고개를 끄덕인다. "찾아와 주셔서 감사합니다, 선생님."

"언제든 불러도 돼." 닥이 저스티스의 어깨를 잡고 살짝 흔든다.

---

* Afro. 흑인 특유의 곱슬머리를 둥그렇게 기른 헤어스타일. 흑인으로서의 자긍심을 높이고 백인 문화에 동화되는 데 저항하는 '흑인은 아름답다'라는 1960년대 문화 운동의 영향으로 흑인들 사이에서 유행했다.

닥이 가방을 엇메고 돌아서서 방을 채 나서기도 전에, 저스티스가 휴대폰을 힐끗 본다. 부재중 전화며 메시지 들을 떠올린다. 예전 토론 짝꿍에게서는 한 통도 오지 않았다는 사실도.

"선생님, 뭐 좀 여쭤 봐도 돼요?"

닥이 돌아서서 손을 주머니에 찔러 넣는다. "빨리 해."

"선생님…… 어……" 이걸 꼭 물어봐야 하나? "선생님 여자 친구 있어요?"

"그걸 왜 묻는데?"

"저기……." 저스티스는 정확히 뭐가 궁금한 걸까?

"SJ 때문이니?" 닥이 되묻는다.

저스티스의 눈썹이 꿈틀 올라간다.

닥이 껄껄 웃는다. "너희 둘 사이가 달라졌다는 걸 내가 모를 줄 알았어?"

"꼬여 버렸어요, 선생님." 저스티스가 얼굴을 떨군다.

"SJ가 마음을 돌릴 거야. 좀 쉬어, 알겠지?"

"예, 그럴게요."

의자에서 일어난 저스티스가 침대로 가서 풀썩 드러눕자 닥이 문을 닫는다.

딸깍 소리가 들리기도 전에 저스티스는 잠에 빠져든다.

12

화요일 사회진화학 수업에 매니와 재러드 둘 다 결석한다.

점심시간에도 보이지 않는다. 타일러, 카일, 블레이크가 휴게실에서 탁자에 둘러앉아 두런거리고 있다. 저스티스에게 따가운 시선을 보낼 뿐 다가오지는 않는다.

시간이 갈수록 여기저기서 웅성거리는 소리가 커진다. 그런데도 저스티스는 무슨 소린지 도무지 알아들을 수 없다. 저스티스가 가까이 가기만 하면 잠잠해지기 때문이다. 하릴없이 수업을 모두 마치고 기숙사로 걸어가던 저스티스는 재러드의 차 주변에 그 패거리가 모여 있는 것을 본다. 매니는 없다. 저스티스는 무슨 일이 생겼음을 직감한다.

일부러 고개를 돌려 자신을 쩨려보는 재러드의 얼굴을 본 순간, 저스티스는 자기 직감을 확신한다.

매니가 재러드와 주먹다짐했다는 것도 알아챈다. 그런데

어쩌다가 저렇게까지 심하게 다쳤는지 의아하다. 낯짝 반쪽이 성난 말벌 떼한테 습격당한 것처럼 잔뜩 부었다.

저스티스가 방으로 돌아와서는 뜻밖에도 매니에게 전화를 한다.

아니나 다를까 받지 않는다.

노크 소리가 들린다. "들어오세요." 저스티스가 이렇게 말한 뒤 책상 의자에 털썩 앉는다. 작문 공책을 꺼내 블레이크 생일 파티 이후에 마틴에게 쓴 편지를 대충 훑어보는데, 문을 여닫는 소리에 이어 침대 용수철이 삐걱거리는 소리가 난다.

돌아보던 저스티스가 의자에서 떨어질 뻔했다. "야, 인마!"

매니가 한쪽 팔을 베고 침대에 대자로 누워 있다. 왼손에는 붕대가 친친 감겨 있고, 윗입술은 재러드를 습격했던 말벌 떼 중 한 마리에게 쏘인 것 같은 모습이다.

"어휴."

매니는 물끄러미 천장만 본다.

저스티스의 머릿속에 불쑥 뭔가가 떠오른다. 매니가 레인지로버 조수석 문을 열고 자신에게 타라고 소리치던 그 장면이.

"야, 내가……"

"그 얘기라면 그만둬. 진심으로 한 말이 아니었다는 거 아니까."

흐음……. "사실, 진심이었어." 저스티스가 말한다.

매니가 저스티스에게로 시선을 옮기더니 눈썹을 치올린다.

"내가 꼭 우물 안 개구리처럼 굴었어. 사과하려던 건 이거야. 네 처지 같은 건 염두에도 없었던 거."

매니가 시선을 도로 천장으로 옮긴다. "나도 너를 최우선으로 생각하지 않았으니까, 비긴 걸로 하자."

저스티스가 고개를 끄덕인다. "좋아."

아주 잠깐인데도, 침묵이 어색해진다. 저스티스가 손마디를 우두둑 꺾는다. "근데 입술은 어쩌다가 그렇게 됐어?"

"내가 깨어났거든."

"그렇구나……." 저스티스는 닥을 따라 해 보기로 한다. "좀 자세히 설명해 보겠니?"

매니가 웃음을 짓던 얼굴을 이내 찡그리며 아파한다. 그러고는 금방 벌떡 일어나 앉더니 저스티스를 마주 본다. "너한테 그런 말을 듣고도 화내지 못한 진짜 이유가 뭔지 알아? 네 말이 맞았거든. 그 말이 네 입에서 튀어나온 그 순간, 깨달았어."

"아."

"토요일 밤에, 그 찌질이들이랑 어떤 축제에 갔는데 말이야. 네 번이었어. 네 번씩이나 재러드 그 새끼를 묵사발 내려다 이를 악물고 참았어. 걔가 누구를 놀릴 때마다, 그 소리가 내 고막을 사포로 문질러 대는 것 같았거든."

"어이구야."

"거기서 아이 네 명을 데리고 온 흑인 여자를 봤는데, 이 멍청이가 그 여자를 샤니콰*라고 부르면서 농담이랍시고 아이 아빠들을 두고 이러쿵저러쿵하는 거야. 도저히 못 참겠더라고. 그래서 따끔하게 한마디 했더니 눈을 부라리더라. '씨발, 예민하게 굴지 좀 마.' 하면서."

저스티스는 말없이 듣기만 한다.

"열불이 나서, 일요일 내내 지하실에 틀어박혀서 듀스 디그스 힙합을 틀어 놓고 내리 여섯 시간쯤 비디오게임만 했어. 그 시간 동안 이 생각밖에 안 들더라. 다른 말도 아니고 어떻게 그 말을 내가 너한테 할 수 있었을까. 네 말이 딱 맞았어. 네가 얼마나 좋은 친구인지……"

"됐어, 매니. 낯간지러운 소리는 그걸로 충분해."

"나는 심각해, 저스. 그 바보 자식들은 자기네 귀에 거슬리는 소리는 듣기 싫어해. 우리 같은 피부색으로 사는 게 어떤지에 관해서는 눈곱만큼도 관심이 없어. 그런 개자식들이 무슨 친구냐고."

저스티스는 딱히 할 말이 떠오르지 않는다.

가만, 그래, 궁금한 게 있다. "그럼, 어……" 저스티스는 붕대를 친친 감은 손과 터진 입술을 가리킨다. "그건?"

매니가 슬며시 웃는다. "오늘 아침에 그만두겠다고 말하려고 감독님 방에 찾아갔는데……"

"머?"

"인마, 나 야구하는 거 싫어해. 내가 야구를 시작한 이유는 단 하나뿐이었어. 키가 큰 흑인 학생에게 그 학교 사람들이 기대하는 게 야구니까. 뭐 공교롭게도 야구에 소질이 있긴 하지만, 내가 정말로 하고 싶은 건 아니야."

"그렇다면 다행이고."

"아무튼, 그때 재러드가 감독님 방에 있었어. 내가 감독님한테 그만두겠다고 하니까, 재러드가 '농담'이랍시고 '주인님'이 해방시켜 줄 때까지는 안 된다는 거야. 그래서 이성을 잃어버렸지." 매니가 다시 침대에 드러눕는다. "한 방 먹긴 했어도, 그 녀석을 흠씬 패 주고 나니까 속이 후련하더라. 감독님은 그일을 숨기고 싶었나 봐. 내일 경기를 치르려면 재러드가 필요할 테니까. 그래서 나는 먼저 집으로 보내고 재러드는 학생들이 모두 하교할 때까지 감독님 방에 붙잡아 둔 거야."

"아, 존나."

매니가 도로 일어나 앉는다. "너한테 고맙다는 말은 꼭 하고 싶어."

"고맙다니, 뭐가?"

"내가 눈을 뜨게 도와준 거. 내 눈에 보이는 게 마음에 들지 않아서, 다시 눈을 감아 버리고 싶었거든. 그래도 네가 없으면, 여전히 잘 모를 거야. 걔네들과 어울리면서 지금껏 뭐가 문제인지 분간을 못 했던 것처럼."

"알겠어……. 고맙긴 뭘, 이래야 되나?"

매니가 일어서서 두 팔을 벌린다. "안겨 봐라, 친구야."

"뭐?"

"야, 엉덩이 떼고 발딱 일어나서 이 소중한 친구를 포옹해 줘야지."

"너 가끔 진짜 소름 끼쳐, 매니." 그러면서도 저스티스는 매니 말대로 한다.

1월 23일

마음이 복잡했어요, 마틴.

어젯밤에 매니의 아빠가 지하실로 내려오셨어요. 제가 거기 드나든 지가 4년쯤 됐거든요. 그런데 매니가 '신성한 공간'이라 부르는 그곳에서 줄리언 아저씨를 본 건 처음이었어요. 그래서인지 소파에 앉아 있던 우리 둘 사이에 아저씨가 앉았을 때 금방이라도 폭탄이 터질 것만 같았어요.

좋이 3분 동안은 쥐 죽은 듯이 조용했어요. 이윽고 줄리언 아저씨가 한숨을 쉬더니 "너희한테 하고 싶은 말이 있다, 얘들아." 하더라고요.

침을 꿀꺽 삼키면서 줄리언 아저씨의 머리 너머로 힐끗 바라봤는데 매니도 엄청 긴장한 모습이었어요. "어…… 하세요, 아빠."

매니 말에 줄리언 아저씨가 고개를 끄덕거렸어요. "오늘 어떤 직원이 나를 두고 인종 비하 표현을 쓰는 것을 우연히 엿들었다."

"정말로요?" 제가 물었어요.

"그래. 몇 년 전에 대학을 졸업했고, 석 달 전에 입사한 백인 청년이 그러더구나."

매니는 박친 것 같았어요. "뭐랬는데요?"

"그건 상관없다, 얘야. 중요한 건, 그 때문에 얼마 전 네가 재러드와 싸운 일이 생각났다는 거야. 그다음부터 우리 아들이 그런 상황에 처한 것이 내 잘못은 아닌지 되짚어 보았다는 거고."

"네? 아니, 도대체 그게 어떻게 아빠 잘못이겠어요?"(저도 역시 의아했어요, 마틴.)

"너한테 들려주지 않은 얘기가 많거든. 이매뉴얼 너를 보호하려고 그랬는지, 세상이 더 좋아지기를 바라는 마음으로 그랬는지 그건 잘 모르겠다. 아무튼 그런 고민에 빠진 건 저스티스가 부당하게 체포당한 이후부터였어." 그러고는 저를 보고 물었어요. "그 사건이 몹시 충격이었지?"

"예, 그랬어요."

"그때도 오래 생각했다. 만일 그런 일이 이매뉴얼 너한테 생겼다면 어땠을까? 보나 마나 너는 기절초풍할 만큼 충격이 컸겠지만…… 난 아니었을 거다." 줄리언 아저씨가 머리를 절레절레 흔들었어요. "그래서야. 아버지로서, 네가 그런 일에 대비할 수 있도록 가르쳤어야 하는데, 그러지 못한 나를 용납할 수 없었다. 게다가, 재러드가 뭐라고 했다고 했지? 그 일도 마찬가지고."

"죄송한데요, 아저씨. 저는 엄마한테 아주 어렸을 때부터 '대비' 교육을 받았어요. 그런데도 무방비로 당했어요."

"재러드가 매니에게 했다는 말을 듣고 너도 놀랐니?"

"아. 어…… 그러진 않았어요."

"거봐라. 내가 하려는 말이 바로 그거야. 오늘 학교 감독실에서 그 아이가 했다는 말을 전해 들었을 때 나도 놀라지 않았다. 사람들 행동을 예측할 길은 없어도, 특정 태도에 맞서는 건 대비할 수 있거든. 만약 내가 겪은 일을 솔직하게 털어놓았다면, 아마 이매뉴얼도 재러드 말에 그렇게까지 충격을 받진 않았을 거야."

저도 매니도 잠자코 있었어요.

"너희 둘 다 내 직책은 알아도, 그 자리에 오르기까지 내가 발버둥친 건 모를 거야. 나는 평균보다 4년이 더 걸려서 그 자리에 앉았어. 승진 대상에서 계속 배제되었거든. 수많은 백인 동료들보다 일은 몇 배 더 열심히 했지만, 내가 받은 인정이라곤 그들에 비하면 새 발의 피였다."

저희는 계속 말없이 듣기만 했어요.

"아직도 한사코 내 눈을 똑바로 바라보지 않는 직원들이 있단다, 얘들아. 일자리를 지키려니 마지못해 예를 표하긴 해도, 흑인 상사에게 대답해야 하는 것을 아니꼬워하는 부하 직원이 한둘이 아닐 거야. 오늘 새삼스럽게 그 생각이 나더구나."

"그 인간은 해고한 거죠?" 매니가 물었어요.

아저씨는 고개를 저었어요. "이번이 처음도 아니고, 마지막도 아닐 거야. 이건 대비 교육 삼아 들려준 거야."

매니가 펄쩍 뛰었어요. "하지만, 아빠……"

"그 청년은 내가 자기 말을 들었다는 걸 알아. 틀림없이 앞으로는 최대한 공손하게 행동할 거야. 사람들은 대체로 잘못했을 때 벌주기보다 눈감아 주면 훨씬 더 많은 걸 배우거든."

"그렇게 깊은 뜻이 있으시군요." 제가 말했어요.

줄리언 아저씨가 어깨를 으쓱해 보였어요. "친절로 사람을 잡는 격이지. 내 말의 요지는, 이 세상에는 재러드나 그 청년 같은 사람들이 가득하고 대부분 절대 변하지 않는다는 거야. 그러니까 너희 나름대로 그런 세상을 헤쳐 나가야 해. 뭐니 뭐니 해도 제일은, 앞으로는 주먹으로 말하지 않는 것일 테고……." 아저씨가 매니를 쿡 찔렀어요. "그러나 적어도 네 앞길을 가로막는 것이 무엇인지는 알아야지. 그런 것에 막혀서 최선을 다하지 못하는 일은 없도록 말이야, 알겠니?"

줄리언 아저씨가 저희 머리를 쓰다듬고 지하실을 나갔어요.

마틴, 아저씨에게 들은 얘기가 지금까지도 머릿속에서 계속 맴돌아요. 솔직히 너무 절망스러워요. 그 모든 권한을 가진 줄리언 아저씨가 여전히 무시당하다니요? 언젠가는 저도 뭔가 이룰 거라는 희망을 여전히 품고 있었는데, 아저씨 얘기를 듣고 나니까 이제 더는 그 개같은 인종주의자들을 참고 견디지 못할 것 같아요.

그래도 분명 그건 다른 문제겠죠? 제가 그런 상황에 처하면 어떻게 해야 해요? 보나 마나 마틴도 줄리언 아저씨처럼 행동했을 테지만, 만약 저였다면요? 음…… 얼마 전에 n자 단어를 썼다는 이유로 어떤 녀석에게 주먹을 날렸는데, 그런 저는 이제 어떻게 해야 되는 거죠?

아저씨 얘기를 듣고 나서 며칠 전에 닥 선생님이 저한테 했던 질문이 생각났어요. 열심히 제 길을 닦아 나가려는 그 모든 노력을, 저는 누구를 위해서 하는 걸까요?

아니, 그것보다, 제가 그런 일들을 하려는 목적이 뭘까요? 저 자신을 증명하기 위해서? 얼마간의 존경을 받기 위해서? 재러드 같은 사람들 코를 납작하게 만들기 위해서?

이젠 도무지 모르겠어요, 마틴.

(사족: SJ에 관해서는 묻지 마세요. 여전히 냉담하거든요. 될 대로 되겠죠, 뭐.)

J 드림

13

토요일 아침에 저스티스가 매니의 차에 올라탄다. 그런데 올라타자마자 뭔가 잘못되었다는 것을 깨닫는다. 날씨가 너무 좋아서 왠지 아쉽다. 스톤마운틴 파크로 하이킹을 가기로 했는데, 뒷전으로 밀려난 모양이다. 민소매 티와 플란넬 파자마 바지를 입고 슬리퍼를 신은 차림새로 보나 인상을 쓰고 있는 매니의 얼굴로 보나 뭔가 심상찮다.

"그냥 잠깐 드라이브해도 괜찮을까?" 저스티스가 자동차 문을 닫자 매니가 말한다.

"그럼그럼. 근데 무슨 일 있어?"

저스티스가 안전벨트를 매자, 매니가 차를 출발시킨다. "아침에 엄마 아빠가 전화를 받았어. 재러드네 아빠가 나를 재러드 '폭행죄'로 고소한다고 했대." 폭행죄라는 말을 할 때, 매니가 운전대에서 손을 떼고 허공에다 따옴표를 친다.

"그게 정말이야?"

"나 심장마비 일으킬 뻔했어. 내가 직접 통화해 보려고 재러드한테 전화했는데, 걔네 아빠가 받더니 다시는 전화하지 말라더라. 그러지 않으면 접근 금지 명령을 신청하겠대."

저스티스는 어안이 벙벙하다. "야, 무슨 이런 개같은 일이 있냐?"

"내 말이 그 말이야. 아빠가 그렇게 격분하는 모습은 생전 처음 봤어." 매니가 머리를 절레절레 흔든다. "그 오랜 세월 동안 만나기만 하면 내 얼굴을 바라보면서 '아들이나 다름없다'고 하던 사람인데, 이런 일이 생길 줄이야."

"너무 어이없어서 말도 안 나온다, 야."

"나는 어떻겠어? 기가 막혀 죽을 지경이라고. 지난 두어 주 동안 작은 깨달음을 얻었는데, 이런 건…… 뭐냐, 그 대비를 못 했네. 그저 생각나는 건, 언젠가 사회진화학 토론 시간에 SJ가 했던 말뿐이야. 재러드와 내가 똑같은 범죄를 저질러도 '내가' 더 심한 처벌을 받을 거라고 했던가? 그거 기억나?"

"그래." 저스티스가 어떻게 그걸 잊겠는가.

"그나저나, 하이킹 못 하게 돼서 미안해. 그냥 드라이브나 하면서 머리 좀 식혀야겠다."

"미안하긴. 드라이브도 좋아, 매니."

저스티스가 의자에 편하게 앉아 바람을 쐬는데 매니가 음악을 튼다.

자, 볼을 잡아, 검둥아, 슛을 쏘라고.

글러브를 껴, 자식아, 글러브 끼고 니 형제 머리통을 박살 내라고.

육상 스파이크 끈을 매고 뛰쳐나갈 준비를 해.

이제 즐길 시간이야. 총소리를 기다려…….

"듀스 디그스 신곡이야?" 저스티스가 묻는다.

"응, 가사가 존나 뼈 때려."

"소리 좀 키워 봐."

매니가 아주 크게 틀자, 차체 전체가 쿵쾅쿵쾅 울린다.

레인지로버가 신호등에 걸려 스르르 멈춰 선다. 그사이 창밖을 내다보던 저스티스가 하얀색 서버번 운전자를 발견한다. 오십대 초반쯤으로 보이는 백인 남자인데 고약한 눈초리로 자신을 쏘아보고 있다.

저스티스가 음악 소리를 낮춘다. "헐…… 어떤 남자가 우리 쪽을 잔뜩 꼬나보고 있어."

매니가 남자를 확인하더니 크게 웃어 젖힌다. "작사 천재 듀스 디그스의 진가를 몰라보다니."

"그러게 말이야." 저스티스가 조수석에서 몸을 움직거리며 말한다. 자신을 노려보는 남자를 보니 예전 사건이 자꾸 불쑥불쑥 떠오른다. "뭐야, 여긴 빨간불이 왜 이렇게 길어?"

"그러니까."

마침내 초록불로 바뀌자, 매니가 다시 음악 소리를 키운다.

지금은 레인지로버와 나란히 달리는 중인데, 운전자는 잔뜩 열 받은 것 같다. "저 남자 보니까 소름 돋아!" 저스티스가 음악 소리보다 크게 고함을 지른다. "얼굴이 시뻘게져서는 퉁방울 같은 눈으로 계속 나를 노려보고 있어."

"내가 장담하는데, 저 남자 지금 우리를 그야말로 인종 프로파일링하고 있을 거야. 아마 마약상쯤으로 생각하겠지."

저스티스의 시선이 자기 손목으로 향한다. 그 모습을 곁눈질로 본 매니가 웃음을 뚝 그친다. "미안해. 그런 뜻이 아니었는데……. 미안, 내 생각이 짧았어."

"괜찮아, 매니. 아마 네 짐작이 맞을 거야."

매니가 13번 거리 신호등 앞에서 레인지로버를 세운다.

"이 개자식들아, 그놈의 시끄러운 소리 좀 줄여!" 서버번 운전자가 소리친다.

"개자식들? 우리가 왜 개자식이지?"

매니가 콘솔 박스 너머로 몸을 기울여 저스티스 쪽 창밖을 향해 소리친다. "뭐라고 하셨죠? 음악 소리 때문에 못 들었거든요!"

백인 남자는 금방이라도 폭발할 것 같은 표정이다. **"그놈의 소리 좀 줄이라고!"**

"얼굴이 빨갛다더니 거짓말이 아니었네?" 매니가 큰 소리로 웃는다. "몸속 피가 얼굴로 다 몰렸나 봐."

저스티스가 다시 그 남자를 돌아다본다.

마틴이라면 어떻게 했을까, 저스티스?

"아무래도 소리를 줄이는 게 좋겠다." 저스티스가 말한다.

"야, 제발. 이건 '내' 차야. 백인들 비위 맞추려고 비굴하게 구는 짓은 이제 안 해." 매니가 운전대에 있는 버튼을 누르자, 음악 소리가 더욱 커진다.

"**이 쓰레기 같은 검둥이 후레자식들아!!!**" 백인 남자가 악을 쓴다.

"씨발놈이 뭣같이 굴어도 저 말만은 안 할 줄 알았는데 말이야." 매니가 내뱉는다.

저스티스는 심장이 솟구쳐 두 귀 사이에서 뛰는 것만 같다.

마틴이라면 어떻게 했을까 마틴이라면 어떻게 했을까 마틴이라면……?

"저 남자는 잊어버려, 매니. 그냥 우리 침착하게……"

"못 해. 그따위 소리 집어치워." 매니가 저스티스 너머로 몸을 기울인다. "저기요, 엿이나 드세요!" 매니가 창문 밖을 향해 소리치며 손가락 욕을 날린다.

"매니, 진정해." 이 망할 놈의 신호는 왜 이렇게 길어? "그냥 저 남자와 멀어질 때까지만 소리 줄이자, 응?"

저스티스가 앞으로 몸을 기울여 볼륨 다이얼을 향해 팔을 뻗친다.

"아, **좆같이!**" 매니가 소리치면서……

14

탕.

　탕.

탕.

2부

1월 26일 저녁 뉴스

안녕하세요, 채널 5, 다섯 시 뉴스입니다.

먼저 주요 뉴스입니다. 오늘 오후 오크리지에서 비극이 발생했습니다.

SUV에 타고 있던 청소년 두 명이 신호등 앞에서 총격을 당했습니다.

사건은 정오가 갓 지난 시각에 13번 거리와 마샬로가의 교차로에서 발생했습니다. 조수석에 타고 있던 발포자 부인의 말에 따르면, 한쪽 차량에서 다른 쪽으로 총이 발사되기 전 시끄러운 음악 소리 때문에 잠시 언쟁이 있었다고 합니다.

현재 수사가 진행 중이라 부상자의 신원은 아직 밝혀지지 않았습니다.

그러나 저희가 받은 제보에 따르면, 한 명은 병원으로 이송하는 도중 사망이 선고되었고 다른 한 명은 중태라고 합니다.

발포자는 애틀랜타 경찰국 소속, 52세의 개릿 타이슨 경관으로 확인되었습니다. 타이슨 경관은 발포 당시 근무 중이 아니었으며 현장에서 경찰에 연행되었습니다.

관련 소식은 후속 보도를 통해 계속 알려 드리겠습니다.

2월 1일

마틴에게

가 버렸어요.

누구에게든 아무것도 하지 않았는데, 그런데도 매니가 떠났어요.

이제 더는 이 일을 못 하겠어요.

15

27일째.

　그 긴 시간 동안 리버스 부부는 매니의 시신을 영안실 냉장고에 안치해 둔다. 아들이 생전에 가장 친했던 친구가 장례식에 참석할 수 있을 만큼 회복될 날을 기다린 것이다. 솔직히 저스티스는 진작에 장례식을 치렀으면 좋았겠다고, 그래서 자신이 분노를 참다 못해 자포자기하는 일이 없었으면 좋았겠다고 생각한다. 정말이지 여기 있고 싶지 않다.

　장례 예배를 맡은 목사님의 입에서 나온 첫마디는 이랬다. "우리가 여기 모인 이유는 죽음을 애도하기 위해서가 아닙니다. 우리가 여기 모인 것은 천국으로 건너간, 한 생명을 찬양하기 위해서입니다." 천국과 지옥이 있다는 것조차 믿지 않았던 매니가 뭐라고 할지 저스티스는 상상이 된다. 내가 '건너간' 곳은 터무니없이 비싼 관 속일 뿐인데.

저스티스는 고인 접견 시간에 앞으로 나가 매니의 시신을 볼 마음이 없었다. 사망 원인을 안다. '두부 총상.' 저스티스가 부탁하자 리버스 부부가 보여 준 사망 증명서에 그렇게 적혀 있었다. 머릿속 어딘가에 총알이 박혔다는 것을 알면서도 더없이 평온하게 누워 있는 매니를 본다? 천만의 말씀! 그럴 수는 없다.

저스티스는 그냥 박차고 일어나서 빠져나가고 싶다. 다리가 떨어져 나가든 말든, 갈증이나 굶주림으로 쓰러지든 말든, 아니면 그 세 가지 중 한둘이 겹쳐서 죽든 말든 하염없이 걷고 싶다. 문제는 사방에 깔린 기자들이다. 매니가 개릿 타이슨을 협박했다는 둥, 두 청소년 중 누군가 타이슨의 차 안에 무엇인가를 던졌다는 둥, 저스티스가 총을 갖고 있었다는 둥 지금까지 들은 '추측' 보도 몇 가지만 보더라도 그들 눈에 띄지 않는 편이 차라리 나을 것이다.

그냥 안에 있자니 그 또한 만만찮다. 엄마와 나란히 예배당 뒤쪽에 앉아 있는 저스티스를 사람들이 어깨 너머로 자꾸 훔쳐 본다. 선글라스를 쓰고 있어도, 저스티스는 힐끔거리는 눈들이 보인다. '살아남은 소년'(뉴스 방송에서 저스티스를 그렇게 불렀다)을 경이로워하는 눈빛들이.

매캘리스터 부인이 아들의 성한 팔을 꽉 힘주어 잡는다. 현재 팔걸이 붕대를 하고 있는 팔은 여전히 재활 치료를 받고 있다. 가슴에 박힌 총알은 갈비뼈를 부수고 오른쪽 허파에 구멍을 냈지만, 오른쪽 어깨에 박힌 총알은 아예 신경 다발을 결딴 내 놓았다. 수술을 세 차례나 받고 나서야 저스티스의 손끝 감각이 겨우 살아났다.

목사님이 설교대에서 물러나고 합창대가 일어선다. 그사이 저스티스가 사람들이 빽빽하게 들어찬 교회 안을 찬찬히 살핀다. 너나없이 검은 정장 차림이다. 눈물로 얼룩진 얼굴들과 떨리는 어깨들이 보인다. 한 덩어리가 되어 슬퍼하는 사람들을 보니, 저스티스는 억장이 무너지고 눈앞이 뿌예진다. 그 와중에도 또렷이 보이는 건 바로 세라제인 프리드먼의 얼굴이다. 세라제인이 저스티스를 지켜보고 있다.

그 모습을 보자, 자신이 병원에서 약에 취해 누워 있을 때 보았던 장면들이 번뜩번뜩 저스티스의 뇌리를 스친다. 세라제인이 자신을 내려다보고 서 있던 모습, 오른손으로 자기 왼손을 꼭 잡고 울던 모습, 왼손으로 자기 얼굴을 쓰다듬던 모습(엄마가 곁에 '없었던' 게 분명했다)이 새록새록 떠오른다. "이겨 내서 정말 고맙구나, 저스티스."라고 말하는 리버스 박사님 목소리, 일터로 돌아가야 하는 처지라 흐느끼면서 양해를 구하는 엄마, 통곡을 멈추지 않는 엄마를 바래다주려고 병실을 나가는 멜로의 모습도 되살아난다.

멜로도 저스티스의 눈에 뜨인다. 솔직히 엄마만 아니었다면, 멜로는 기를 쓰고 저스티스 옆에 딱 붙어 있었을 게 뻔하다. 멜로는 애틀랜타 팰컨스 미식축구 팀에서 몇몇 선수를 뽑아 퇴

원하는 저스티스를 고급 전세 버스로 집까지 경호하게 했다.

당연히 그것도 뉴스거리가 되었다.

리버스 씨가 추도사를 하러 설교대로 걸어간다.(추도사를 하겠느냐는 리버스 씨의 물음에, 저스티스는 펄쩍 뛰며 사양했었다.) 그사이 저스티스가 재러드와 그의 '형제들'을 발견한다. 저마다 자기 부모님과 함께 앞쪽에 앉아 있다. 재러드와 크리스텐슨 씨 부자는 자신들이 몹쓸 짓을 했다며 후회하고 있을지 저스티스는 궁금하다. 그놈의 전화만 아니었어도, 매니와 저스티스는 예정대로 스톤마운틴 파크에서 하이킹했을 테지. 개릿 타이슨과 같은 도로에 있을 까닭도 없었을 테지.

매니도 여전히 여기 있을 테고.

재러드가 뒤쪽을 돌아본다. 저스티스가 자기 뒤통수에 눈화살을 날리는 걸 느끼기라도 한 듯이. (저스티스가 선글라스를 쓰고 있는 까닭에 재러드는 알아보지 못하겠지만) 두 사람의 시선이 마주친다. 그 순간 분노가 옥죄어 와서, 저스티스는 거의 숨을 쉴 수 없다. 멀찍이 떨어져 있어도, 재러드의 눈에서 고뇌가 읽힌다. 밑이 뻥 뚫린 바닥에 서 있는 듯한 눈빛이다. 끝모를 고통에 시달리는 눈빛이다.

저스티스가 저 표정을 알아보는 건 지금 자기 심정도 똑같아서다. 그래서 저스티스는 그만 세상을 불살라 버리고 싶다.

장례 예배가 끝나고 묘지로 출발하기에 앞서, 저스티스는 엄마와 함께 화장실로 향한다.(저스티스는 묘지에 가고 싶지 않다.) 매캘리스터 부인이 화장실로 들어간다. 뒤이어 화장실에서 누군가 나오는데, 바로 세라제인이다. 저스티스의 입술이 달싹하고, 세라제인은 상대방을 알아본 순간 얼어붙는다.

저스티스가 선글라스를 벗는다. 세라제인은 군청색 바지 정장을 입고, 화장기 없는 맨얼굴에 짙은 갈색 머리를 한데 모아 뒤통수에 올려붙인 모습이다. 울어서 벌게진 세라제인의 눈이 저스티스의 얼굴 위에서 떠돈다. 동정심으로 불타오르는 눈빛이 아니라서 저스티스는 한결 마음이 놓인다. 하마터면 성한 팔로 세라제인을 끌어안을 뻔했다.

자못 당혹스럽다. 백인 남자가 쏜 총에 맞아 자신은 중상을 입고 가장 친한 친구는 목숨을 잃었는데도 백인 여자애를 만지고 포옹하고 키스하고 싶은 마음이 들다니?

"안녕." 저스티스가 인사한다.

세라제인의 눈에 그렁그렁 눈물이 고인다. "안녕."

"너 괜찮아?"

"그건 내가 너한테 물어야 할 말 같은데?"

저스티스가 눈을 돌린다. 어깨를 으쓱한다.

1분이 한 시간처럼 흐른다. 하루처럼, 1년처럼, 100년처럼.

세라제인이 한숨을 내쉰다. "아주 오랜만이라는 건 아는데……"

"보고 싶었어, SJ."

세라제인의 고개가 번쩍 들린다.

"진심이야." 못 할 게 뭐야? 죽고 못 사는 친구 하나를 이미 잃은 마당에?

세라제인이 입을 열어 말하려는데…….

여자 화장실 문이 열린다. "갈 준비 됐니, 저스티……?" 매캘리스터 부인이 세라제인을 본다. "이런, 미안하구나. 얘기하고 있는 줄 몰랐네."

"엄마, 얘는 세라제인이에요." 저스티스가 세라제인에게서 눈도 떼지 않은 채로 소개한다.

매캘리스터 부인이 인사한다. 만나서 반가워요.

세라제인이 맞인사를 한다. 저도 반갑습니다, 매캘리스터 부인.

부인이 아들을 돌아다본다. "지금 차로 갈 건데. 너도 같이 갈 거지?"

"거기서 만나요, 엄마. 저는 SJ랑 걷고 싶어요."

"아니, 아니야. 그러지 마. 사실은 나도 부모님이 기다리고 계시거든. 이따 묘지에서 보자."

"아, 그렇구나. 그럼 잘 가, SJ."

"잘 가, 저스."

세라제인이 모퉁이를 돌아 사라지자, 매캘리스터 부인이 금세 얼굴을 찌푸린다. "세라제인이라고? 학교에서 알고 지내는 사이니?"

"토론 짝꿍이에요, 엄마. 제가 숱하게 말했잖아요."

"흥. 너를 바라보는 눈빛을 보니까 알겠더라. 저 여자애 마음이 토론보다는……"

"엄마, 제발요, 가장 친한 친구 장례식에 와서 꼭 그런 얘기를 꺼내야겠어요?"

"그게 아니라, 그냥 저것 조심하라고 할 참이었다. 그저 그 말만."

'저것.'

"SJ는 좋은 친구예요, 엄마."

"그래, 그 관계를 계속 유지하는 게 좋을 거다."

저스티스는 엄마에게 대들고 싶다. 모두가 자신을 깔아뭉개려고 들 때 세라제인은 시종일관 자신감을 심어 주려 했다는 걸 알려 주고 싶다. 엄마 '본인'의 편견에 대해 따지고 싶다. 엄마도, 나와 매니에게 총질한 그 남자 못지않게 나쁘다고 말하고 싶다.

그러나 그럴 겨를이 없다.

엄마와 함께 교회를 나서기가 무섭게, 저스티스는 기자들에게 질문 공세를 당한다.

매캘리스터 씨, 살아남은 소년이 된 기분이 어떠세요?

저스티스, 정의가 있을 것이라고 생각하나요?

관 속에 있는 사람이 **당신**이었을 수도 있다는 걸 알게 된 심정이 어떤가요?

마지막 질문에 저스티스가 폭발하고 만다. "**당신**은 그따위 개망나니 짓을 꼭 해야 합니까?"

"저스티스, 이제부터 한 마디도 하지 마라." 매캘리스터 부인이 이렇게 타이르고는 기자들에게 말한다. "내 아들은 대답할 말이 없어요. 이제 길을 비켜 주시면……."

매캘리스터 부인이 한 팔로 개중 체구가 작은 기자를 밀쳐 낸다. 그러고는 저스티스의 팔꿈치를 움켜잡고 기자들 틈새를 뚫고 나간다. 그때 멜로의 아버지가 소리치며 저스티스의 모자쪽을 가리키자, 갑자기 경호 임무를 맡은 사람들이 나타나 두 사람의 양옆에 바짝 붙어 선다.

그 덩치 큰 남자들 중 한 명의 몸에 다친 팔을 부딪친 저스티스가 움찔한다. 올록불록한 근육이며 금발을 볼 때 혹시 이름이 라스* 아닐까 싶은 남자다. 통증이 어깨에서부터 번개처럼 빠르게 온몸으로 퍼져 나가지만, 내면의 고통에 비하면 견딜 만하다.

• Lars. 아널드 슈워제네거가 코미디 영화 〈스캐빈저 헌트〉(Scavenger Hunt)에서 맡은 극중 인물.

타이슨 씨의 기소는

정의를 향한 진일보인가

대배심의 중과실인가

토비아스 드비트루(본지 기자)

어제 오후, 조지아주 대배심은 십대 청소년 두 명이 얽혀 있는 1월 총격 사건과 관련된 전직 애틀랜타 경찰관 개릿 타이슨 씨에 대하여 경합 기소 결정을 내렸다. 이는 네바다주 셰마 카슨 사망 사건이나 플로리다주의 타바리어스 젠킨스 사망 사건과는 확연히 대비되는 평결이다. 아울러 두 가지 혐의—가중 폭행죄와 중범죄 살인죄—를 기소한 데 대해 수많은 지역 주민들이 거세게 반발하고 있다.

"그 사람은 폭력배들로부터 자신을 지키려고 한 겁니다. 나는 25년간 개릿과 알고 지냈어요. 만약 그 아이들이 총을 갖고 있었다고 개릿이 말했다면, 그 애들은 총을 갖고 있었던 것입니다."라고 타이슨 씨의 이웃 에이프릴 헨리 씨는 말한다. 익명을 요구한 어느 동료 경찰은 이번 기소는 개릿을 희생양으로 삼은 여론 몰이 깜짝쇼에 지나지 않는다고 주장한다. "그들의 평결은 개릿을 본보기로 삼은 것입니다. 검사는 인종 카드를 꺼냈고, 대배심은 그걸 송두리째 고스란히 받아들인 거예요."

이에 동조하는 사람이 많다. 개릿 타이슨 씨의 명예를 지키기 위한 연대 집회도 열렸다. 집회 참석자들은 '인종주의자 몰이는 범죄 행위로 처벌해야 한다'라는 구호를 새긴 티셔츠를 입은 한편, 타이슨 씨의 대형 얼굴 사진을 들고 '홍보 모델이 아니라 법의 수호자다'라는 구호를 외치기도 했다.

재판 날짜는 아직 발표되지 않았다.

16

팔걸이 붕대에서 완전히 벗어난 이틀 뒤부터, 저스티스는 최신형 자동차를 운전하게 된다. 저스티스의 동급생 아버지이자, 애틀랜타시 전역에서 혼다 자동차 대리점 7개소를 운영하는 켄 머레이 씨가 보낸 것이다. 병원에서 퇴원한 그날, 저스티스는 집 앞에서 혼다 시빅을 발견했다. 앞 유리창에는 '애도를 표하며, 머레이 혼다 가족 일동'이라고 쓴 카드가 꽂혀 있었다.

처음에는 돌려보낼 생각이었다. 그런 일을 당한 뒤에, 어떤 부유한 백인 남자에게 공짜로 받은 자동차를 몰고 돌아다닐 생각만 해도 속이 메슥거렸다. 그런데 몇 주 동안 쳐다보기만 하던 어느 날, 머레이 씨가 적어 보낸 '너희 둘은 그런 일을 당할 이유가 전혀 없었다.'라는 글을 다시 읽고 나서 그 선물을 받기로 마음먹었다.

충격 사건이 있은 지 한 달 보름이 지났다. 매니네 집으로

가고 있는 오늘 이 시간이, 저스티스는 괴롭디괴롭다. 매니가 세상을 떠났다는 사실을 알게 된 그날의 고통보다 결코 덜하지 않다. 리버스 부부가 개릿 타이슨의 기소 결정을 '기념'하는 뜻으로 마련한 저녁 식사에 초대받아 가는 길이다. 그런데 자기 혼자서 매니의 부모님과 함께 있고 싶지 않은 마음이 굴뚝같다. 그 집 안에서는 더더욱. 요즘 들어 부쩍 매니네 집 생각을 자주 했는데, 생각하면 할수록, 그곳이 내 집처럼 편했던 건 건물 때문이 아니었다. 매니 때문이었다.

차고 앞에 차를 세우면서, 저스티스는 본능적으로 문이 네 개 달린 차고의 세 번째 문으로 고개를 돌린다. 둘이서 차에 앉아 기다리다 문이 올라가면 매니가 차고 안으로 몰고 들어가던 그 숱한 시간들이 떠올라 속이 뒤집힐 것 같다.

저스티스가 후진 주차를 하고 차에서 내리려는데, 바로 그 세 번째 문이 올라가고 리버스 씨가 들어오라고 손짓한다. 레인지로버는 한참 전에 폐차했으므로 당연히 그 자리는 비어 있다. 그러나 저스티스는 도저히 그 자리를 채울 수 없다. 그리하여 차고 앞에 그대로 주차해 놓고 차에서 내린다. "감사합니다, 줄리언 아저씨. 하지만 그건 못 하겠어요."

리버스 씨가 서글픈 미소를 지으며 빈 공간을 둘러본다. "너무 휑하지? 자, 들어가자."

저스티스가 집 안으로 들어서자 치킨 카차토레 냄새가 코를 찌른다. 저스티스는 이곳에 있고 싶은 마음이 눈곱만큼도 없다. 앤티크 원목 식탁에 앉아 리버스 박사가 도자기 그릇장에 고이 보관해 두었다가 '특별 행사' 때만 쓰는 접시에 담긴 음식을 먹고 싶지 않다. 이제는 고인이 된 가장 친한 친구의 부모님과 한자리에 앉아, 그것도 당신네 아들이 아닌 자신이 가장 좋아하는 음식을 먹으면서 한담을 나누기 싫다.

그 모든 일이 너무 끔찍해서, 당장 뛰쳐나가 다시는 발걸음도 하기 싫다.

아무튼 저스티스는 식당으로 들어간다.

"와 줘서 정말 고맙구나." 리버스 박사가 이렇게 말하며 여태껏 했던 그 어떤 포옹보다 뜨거운 감정이 북받칠 수밖에 없는 품에 저스티스를 꼭 끌어안는다. 저스티스가 속으로 17초까지 세었을 때에야 리버스 박사가 팔을 푼다.

"초대해 주셔서 감사합니다."

"어서 앉아라." 줄리언 아저씨가 말한다. "나는 마실 것 좀 내오마."

저스티스는 시키는 대로 자리에 앉는다. 잠시 후 줄리언 아저씨가 세 가지 음료를 챙겨 식탁으로 돌아온다. 리버스 박사 것은 레드 와인, 저스티스 것은 아이스티, 아저씨 본인 것은 위스키다. 저스티스 짐작에는 잭 대니얼스 싱글배럴 같다. 매니가 몰래 자기 휴대용 술병에 따라 놓곤 했던 바로 그 고급 위스키.

그걸 본 순간 저스티스는 욕지기가 솟는다.

"그래 이제는 좀 지낼 만하니?" 줄리언 아저씨가 자리에 앉고 나서 묻는다. "등교는 아직 안 하지?"

저스티스가 고개를 젓는다. "그게, 토요일에 기숙사에 들어가서 다음 주 월요일부터 수업을 들으려고요."

"그렇구나."

리버스 박사가 주방 장갑을 낀 손으로 타원형 접시를 들고와 식탁에 내려놓는다. 가슴과 다리에 버섯 고명과 토마토소스를 뒤집어쓴 닭이 저스티스를 빤히 올려다본다. "수업 들을 준비는 된 거야?" 리버스 박사가 묻는다.

"여느 때보다 단단히 준비하고 있어요." 저스티스가 어깨를 으쓱해 보인다. "따라잡기가 버겁겠지만, 5월에 졸업하려면 더 늦기 전에 등교해야 해서요."

리버스 박사가 고개를 끄덕거리고는 도로 부엌으로 가더니, 재스민 쌀에 버터 세 덩이를 넣어 만든 볶음밥을 접시에 수북이 담아 내온다. "접시 이리 다오."

저스티스가 하라는 대로 한다.

"오늘 밤에 네가 우리와 함께해 줘서 정말 기쁘구나." 줄리언 아저씨가 말한다. "우리한테는 아주 뜻깊은 일이야."

리버스 박사가 볶음밥을 듬뿍 담은 접시를 건넨다. 저스티스는 전혀 식욕이 나지 않는다. "얘기는 안 해도 돼. 그걸 바라는 게 아니니까." 리버스 박사가 말한다. "그저 이렇게 같이 있기만 해도 좋구나."

"감사합니다. 저도 좋아요." 거짓말이다. 그래도 이렇게 말하는 게 옳은 일 같다.

세 사람은 침묵에 잠긴다. 숟가락이며 포크가 접시에 부딪히거나 접시를 긁는 소리만 들리고 컵에 담긴 음료가 서서히 줄어들 뿐이다. 저스티스는 대화가 없는 것이 고맙다. 매니가 없으니까 말은커녕 숨을 쉬는 것조차 힘들다.

식사를 마치자, 줄리언 아저씨가 목청을 가다듬는다. "저기 말이다, 저스티스. 우리가 너를 오늘 저녁 식사에 초대한 이유가 몇 가지 있어."

저스티스가 유리잔을 들어, 남은 아이스티를 한입에 죽 들이마신다.

"첫 번째는, 말할 것도 없이, 기소 결정을 기념하기 위해서야." 줄리언 아저씨가 계속 말한다. "그 문제에 미련을 갖지는 않을 거야. 그러나 우리에게는, 분명 너도 그럴 테지만, 이 일은 참으로 기념할 만한 일이니까."

리버스 박사가 고개를 끄덕인다. "물론 유죄 선고는 아니지만, 그래도 첫걸음은 뗀 거야. 그 일이 범죄로 다뤄지고 있다니 정말 다행이야."

저스티스는 멀거니 접시의 금박 테두리만 보고 있다. "예, 다행이에요."

"그다음 두 번째 이유는 말이지." 리버스 박사가 말한다. "이매뉴얼의 사촌 기억할지 모르겠구나. 콴 뱅크스라고, 혹시 생각나니?"

저스티스의 고개가 번쩍 들린다.

"그 애 말로는 너랑 같은 초등학교를 다녔다던데, 맞아?"

"예. 걔가 매니 사촌인 줄은 전혀 몰랐어요. 그때⋯⋯" 저스티스가 잠깐 망설이다 말을 잇는다. "콴이 체포되었을 때 알게 됐어요."

리버스 박사가 고개를 끄덕거린다. "음, 네가 괜찮다면, 콴이 너를 만나고 싶대. 면회자 명단에 네 이름도 올려놓았다더라."

"아, 네⋯⋯."

"이매뉴얼이 죽은 게 그 애한테 꽤나 큰 충격이었나 봐. 물론 네가 꼭 면회를 갈 필요는 없어." 리버스 박사가 부부끼리만 통할 법한 눈짓을 남편과 주고받는다. "한데 그 애가 오직 너하고만 얘기하고 싶대."

"알겠습니다." 저스티스가 대답한다. 통 영문을 모르면서도.

"면회할 생각이 있으면, 이따가 갈 때 네가 알아야 할 사항들을 알려 줄게."

저스티스는 어안이 벙벙하다. 콴이 자기를 보고 싶어 한다고? "예, 그게 좋겠네요." 이번에도 거짓말이다.

잠깐 동안 침묵이 흐른다. 저스티스는 줄리언 아저씨의 시선을 느끼면서도, 도저히 얼굴을 바라볼 자신이 없다. 매니에게 나이 들 기회가 있었다면 똑 닮았을 테니까.

"한 가지가 남았구나." 리버스 박사의 목소리가 떨려 나온다. "줄리언?"

"그래요, 알았어요."

줄리언 아저씨가 일어나서 도자기 그릇장으로 걸어가더니, 문을 열고 검은 상자를 꺼내 온다. 그것을 식탁 위, 저스티스 앞에 놓는다. "이건 열여덟 번째 생일에 이매뉴얼에게 주려고 했던 거야. 일이 이렇게 됐으니, 그 녀석도 틀림없이 네가 지니고 있기를 바랄 거야. 우리도 그 애 대신 네가 받아 주면 고맙겠구나."

저스티스는 상자를 물끄러미 바라보기만 한다. 손을 대기는커녕 자기 앞으로 가져올 엄두도 안 난다.

리버스 박사의 헛기침 소리에, 저스티스가 고개를 든다. 눈에는 눈물이 고였는데도 미소 띤 얼굴로 박사가 말한다. "어서."

저스티스가 식탁에서 검은 상자를 가져와 경첩이 달린 상자 뚜껑을 연다. 무슨 기적인지, 용케 내용물을 바닥에 떨어뜨리지도 않고 비명을 지르며 도망치지도 않는다.

손목시계다. 갈색 바늘판에 금색 숫자가 새겨져 있고 검은색 가죽 시곗줄이 달린 호이어 시계다. 저스티스는 손목시계에 관해 아는 것은 별로 없다. 그러나 그것이 빈티지 명품 시계이고, 엄마가 지금껏 은행에 저금해 둔 돈을 몽땅 찾아도 살 수 없을 만큼 비싸다는 것쯤은 안다. 저스티스는 조심스럽게 시계를 꺼내 뒤집어 본다. 시곗줄 안쪽에 EJR이라는 글자가 새겨져 있다.

"내 조부님께서 1940년대에 구입한 시계란다." 줄리언 아저씨가 말한다. "그분 함자도 매니와 똑같이 이매뉴얼 줄리언 리버스(Emmanuel Julian Rivers)였어. 지금까지 2대째 장남이 물려받았는데, 이젠 너한테 물려주고 싶구나."

저스티스는 혀가 굳는다. "저는, 어…… 뭐라고 말씀드려야 할지 모르겠어요."

"말하지 않아도 돼." 리버스 박사가 말한다. "그냥 네가 지니고 있다는 사실을 아는 것만으로도 우리에게 아주 뜻깊은 일이야."

저스티스는 두 사람을 번갈아 본다. 둘 다 미소를 머금고 있지만 저스티스에게 '어떤' 반응을 기대하는 눈치가 역력하다.

저스티스는 시선을 손목시계로 떨군다. 목이 꽉 멘다. 말로는 자기 마음을 표현할 길이 없다. 그리하여 두 사람에게 자기 뜻을 전달할 유일한 방법을 쓴다.

팔을 쭉 뻗고 시계를 손목에 찬다.

17

저스티스가 차를 몰고 면회인 주차장으로 들어간다. 풀턴 지역 소년범 구치소 건물은 첫눈에 보아도 여느 고등학교와 흡사하다. 그걸 깨닫는 순간 위가 살짝 뒤틀린 듯이 아프다. 4미터쯤 되는 담장 꼭대기에 철조망만 두르지 않았다면 지극히 평범해 보였을 것이다. 그런 곳에 '사회 위협물'로 간주되는 아이들을 가둬 놓다니, 누군가가 재미 삼아 생각해 낸 못된 장난 같다. 마치 이런 놀이라도 하듯이. 우아, 이 죽여주는 학교 좀 봐…… **하하! 잡았다! 감금이야, 바보야!**

주차장에 차를 세워 놓고, 저스티스는 잠깐 생각을 정리한다. 그러다가 어느새 이곳에 온 진짜 목적이 무엇인지 곰곰 생각에 잠긴다. 이제 곧 '소년범 구치소' 안으로 들어가 그 애와 마주 앉을 것이다. 카스티요를 죽인 그 애와. 카스티요는 자신을 인종 프로파일링한 경찰관이자, 마틴을 닮아 보려고 시도했으나 실패로 끝나 버린 '사회 실험'을 시작하게 만든 장본인이기도 했다.

저스티스는 도무지 믿기 힘들다.

브래셀턴 사립 고등학교에 입학하면서부터, 저스티스에게 콴과 그 동네 아이들은 벗어나고 싶은 삶을 떠올리게 하는 존재들일 뿐이었다. 콴은 다른 아이들과 달리 저스티스를 놀린 적은 없었지만, 그래 봤자 거기서 거기였다. 그래서 콴이 자신을 보고 싶어 한다는 말을 전해 들었을 때 그 속셈이 조금 의심스러웠다.

그러면서도 콴 생각을 떨쳐 버릴 수 없었다. 그 궁금증이 끝내 의심보다 커져서, 저스티스는 지금 여기에 있다.

저스티스가 구치소 안으로 들어선다. 정문 보초가 위아래로 쓱 훑어보더니 '면회 대기실'이라는 표지판이 달린 곳을 가리켜 보인다. 저스티스는 땀이 삐질삐질 날 만큼 불안감이 엄습한다. 신분증과 자동차 열쇠 꾸러미를 소지품 담당 여성 교도관에게 맡기고 금속 탐지기 쪽으로 가자, 담당 교도관이 턱을 치켜든다. 그러고는 단추가 줄줄이 달린 셔츠와 주름이 빳빳하게 잘 잡힌 카키색 바지 차림에 로퍼를 신은 저스티스를 찬찬히 훑어본다. "이야, 이 친구 보게. 접견하러 오는 몇몇 변호사보다 더 말쑥하구나."

"어…… 감사합니다."

"누구 보러 왔니?"

"콴 뱅크스요."

교도관이 고개를 끄덕인다. "쭉 걸어가면서 저 안에 있는 녀석들에게 그놈의 정신만 바짝 차리면 너처럼 될 수 있다는 걸 보여 줘. 알겠니? 저 여성 교도관님이 데려다줄 거다." 그러고는 긴 복도 앞에서 저스티스를 기다리고 서 있는, 아까 그 여성 교도관을 가리킨다.

저스티스는 여성 교도관을 따라, 역시나 학교 교실과 비슷한, 벽이 온통 하얀 감방들을 지나간다. 복도 끝에 도착하자 기다란 네모꼴 유리창이 달린 커다란 철문이 나온다. 저스티스 짐작에는 방탄 철문 같다. 면회실 안에 오렌지색 점프 슈트를 입은 청소년 예닐곱 명이 면회인들과 함께 앉아 있다. 여성 교도관이 철문에 달린 키패드에 비밀번호를 입력한다. 그사이 저스티스는 자신을 기다리고 있는 콴을 발견한다.

철문이 열린다. 목소리들이 복도 바깥으로 쏟아져 나온다. 콴이 고개를 든다. 콴과 저스티스의 눈이 마주친다. 콴이 입가에 머금은 미소가 얼굴 전체로 번진다. 저스티스는 그 모습을 보면서 저렇게 활짝 웃는 콴을 마지막으로 보았던 때가 떠오른다. 5학년이 되기 전 여름 방학에, 모노폴리 보드게임에서 콴이 처음으로 저스티스를 이겼을 때였다. 그때처럼 웃는 콴을 보니 저스티스는 아까보다 훨씬 더 초조해진다.

"괴짜 천재!" 콴이 일어서서 저스티스를 맞이한다. "와 줘서 정말 고맙다, 친구야!"

"그래." 저스티스가 이제는 닫혀 있는 출구를 어깨 너머로 슬쩍 엿본다. "오랜만이다."

"앉아, 친구야. 앉으라니까."

콴이 도로 자리에 앉자, 저스티스도 따라 앉는다. 점프 슈트를 입은 아이들이 면회인들과 이야기하는 모습을 보니 저스티스는 여기서 나가고 싶다는 조바심이 인다. 수감자 대다수가 자신과 비슷해 보여서 더더욱.

암울하다.

"그동안 잘 지냈어?"

저스티스가 머리를 긁적거린다. "솔직히 말해야겠지? 옛날이 더 좋았어."

"매니 일은 정말 좆같더라."

"그래, 좆같지." 그 얘기를 하자니 마음이 천근만근 무겁다. "드라이브를 하다가, 한순간에……." 저스티스는 한숨을 내쉬면서 고개를 젓는다.

"친구야, 넌 어때? 완전히 다 나았어?"

"뭐, 팔은 다시 잘 움직여. 궁금한 게 그거라면 말이지."

"야, 뉴스에서 그 경찰 얼굴 봤는데……" 콴이 말을 하려다 만다. "아니다, 신경 꺼. 못 들은 걸로 해."

"그 경찰이 어쨌는데?"

콴이 저스티스의 눈을 똑바로 바라본다. 그러더니 몸을 바짝 수그리면서, 저스티스에게 따라 하라고 손짓한다. "내가 탕

탕했다고들 하는 그 경찰, 너 알지?"

저스티스가 어떻게 잊을 수 있을까. "응. 알지, 실제로."

"너랑 매니한테 발사한 그 개자식이 누군지 알아? 그 경찰하고 파트너였어."

저스티스는 하마터면 의자에서 떨어질 뻔했다. "카스티요? 토머스 카스티요가 개릿 타이슨의 '파트너'였다고?"

"엉."

"네가 그걸 어떻게 알아?"

"개릿이 그날 밤 거기 있었거든…… 내가, 어…….."

"카스티요를 쏜 그날 밤?"

"그렇게들 주장하지."

저스티스는 의자에 기대앉아 생각에 잠긴다.

"야, 너 괜찮아?" 콴이 묻는다.

"어, 왜?"

"너 좀 충격 먹은 거 같아서 말이야."

콴에게 말해도 될까? 밑져야 본전 아닌가?

저스티스가 재빨리 주위를 둘러보더니 몸을 앞으로 수그린다. "놀라 자빠질 얘긴데, 해도 될까?"

"해 봐."

"저기, 네가 그…… 아니, 카스티요가 죽기 일주일 전쯤에 말이야. 그 인간이 나를 체포했어. 여자 친구가 술에 취해서, 내가 집까지 데려다주려고 했거든. 그런데 그 인간이 나를 차량

탈취범으로 생각한 거야. 내 손목에 수갑을 채우고 입도 벙긋 못 하게 하더라고."

"그러니까 그 씨발놈이 죗값을 달게 받은 거네." 콴이 손마디를 우두둑 꺾는다.

저스티스는 콴의 무법자 같은 표정과 오렌지색 점프 슈트 죄수복을 입은 모습을 찬찬히 살핀다. 당당하게 내뱉는 저 말투며 뉘우치는 기색이 없어 보이는 태도에 등골이 오싹하다.

저스티스는 또다시 몸을 앞으로 수그린다. "왜 그랬는지 말해 봐."

콴의 얼굴이 딱딱하게 굳는다. "내가 뭘 어쨌는데?"

"콴, 네가 자백했다는 거 알아. 나한테는 시치미 떼지 않아도 돼."

"도대체 무슨 말인지 모르겠네." 콴이 팔짱을 낀다.

그렇게 나온다 이거지. 그럼 다른 방법을 쓸 수밖에. "좋아, 다시 물어볼게. 네가 혐의를 받고 있는 그 일을, 누가 한 거야?"

콴이 어깨를 으쓱한다. "그거야 하라고 시키면, 그대로 하는 거지."

"시킨 사람은 누군데, 그럼?"

콴이 고개를 돌려 버린다. 또 딴청을 부릴 태세다. 그런데 저스티스는 꼭 알아야 할 것이 이제 막 생각난 참이다. 혹시 개릿 타이슨이 그렇게 빨리 방아쇠를 당긴 것은 흑인 아이에게 자기 파트너가 사살되는 것을 목격했기 때문이었을까? 그게 아니라고 누가 장담할 수 있지? 타이슨이 저지른 일은 물론, 변명할 여지가 없다. 그러나 트라우마가 실제로 영향을 미친다는 사실을, 저스티스는 잘 안다. 아빠가 몇 년 동안 엄마에게 폭력을 휘두르는 것을 봐 왔으니까.

"잠깐만, 조금 아까 질문은 잊어버려. 내가 정말로 꼭 알아야 할 게 있어, 콴. 내가 중상을 입고 매니가 목숨을 잃은 건 개릿 타이슨이 내가 총을 갖고 있다고 생각했기 때문이야. 네가 그 사람을 죽였…… 아니, 그 파트너가 총을 맞았을 때 개릿이 '그 자리'에 있었다는 거지, 네 말은?"

콴이 눈을 가늘게 좁힌다. "뭔 수작을 부리려고?"

"그런 게 아니야, 콴. 네가 나라면 어떨 것 같아? 나는 이 개같은 일들이 도무지 이해가 안 돼."

잠깐 동안, 두 사람 모두 말이 없다. 저스티스는 여기 온 게 실수였다는 생각을 굳힌다. 그런데 그때 콴이 말문을 연다. "알겠어, 잘 들어. 내가 사는 동네에서는 저항이 살길이야. 우리 동네에선 언제라도 눈을 뜨는 그날 아침이 생애 마지막 날일 수 있어. 살아남고 싶다면? 등 돌리지 않을 친구들과 함께하는 거야. 그러다 보면 얼마가 걸리든 언젠가는 꼭대기에 올라가게 돼. 내 말 알아들어? 내 친구들…… 그들은 내 가족이나 다름없어. 등만 돌리지 않으면, 서로서로 뒤를 봐주거든. 그 사람이 움직이라고 시키면, 시키는 대로 움직이면 돼. 두말없이 무조건."

저스티스가 고개를 절레절레한다. "그 말을 믿으라고? 내가 너네 집에서 엎어지면 코 닿을 데서 자랐단 거 잊었어?"

"내가 알아봤는데, 네가 다치고 매니가 죽은 건 '네' 방식 때문이야."

저스티스는 얼떨떨해서 할 말을 잊는다.

"네가 여러모로 잘나가고 있다는 건 알아. 그래도 어느 순간에는 현실에 맞섰어야지. 백인들은 우리를 전혀 존중하지 않아, 인마. 경찰은 '더더욱' 그렇고. 경찰이 '보호하고 봉사하는' 대상은 오로지 자기네한테 이로운 사람들뿐이야. 가장 친한 네 친구를 죽인 것으로 그 개같은 현실을 '증명해' 주었는데도, 너는 그냥 계속 굽실거릴 참이야?"

이번에도, 저스티스는 말문이 막힌다.

"그 소식을 듣고 새삼스럽게 놀랄 것도 없었어. 너도 매니도 착한 애들이었어. 그런데도 너희 둘 다 원통한 일을 당했잖아. 그래서 널 보고 싶었던 거야. 이 얘길 하려고. 상담사라면 여기에도 있어. 근데 백인 여자에게 이딴 말을 뭐 하러 해. 어차피 이해할 마음도 없을 텐데."

저스티스가 고개를 끄덕인다. "있지, 그 마음 나도 알아."

아무렴, 알다마다.

"좆같아…… BMC에서 벗어날 길이 없어." 콴이 말한다.

"BMC?"

"그래. 흑인이 걸린 저주(Black Man's Curse). 세상 사람들이 설사병에 걸리면, 우리 같은 사람들은 변기통이 된대."

"그렇게도 말할 수 있겠네."

"내가 그걸 언제 깨달았는지 알아? 열네 살 적에, 소년범 구치소에 두 번째로 수감되었을 때였어. 그때 손이라고, 열일곱 살 된 부잣집 아들도 같이 있었어. 걔는 한밤중에 잠에서 깨서 자기 아버지를 칼로 여덟 번이나 찔렀대."

"헐!"

"정말 끔찍하지? 아무튼 검사가 살인 미수 혐의로 기소하려고 했거든? 그런데 변호사 측에서 참고인으로 부른 의사가 손이 몽유병 상태에서 저지른 거라고 진술했대. 그 개소리가 먹혔어! 그래서 판사가 살인 미수에서 단순 폭행으로 감형해준 거야. 결국 걔는 60일 만에 소년범 구치소에서 풀려났어."

"그게 정말이야?"

"응. 반면에 좀도둑질로 들어온 나는 '재범'이라는 이유로 1년이나 갇혀 있었어. 검사가 법정에서 나를 대놓고 '직업 범죄인'이라고 부르더라." 콴이 고개를 절레절레 젓는다. "아마 내가 포기한 게 그때였을 거야. 뭐 하러 올바로 살려고 노력해? 이러나저러나 항상 나쁜 놈으로 취급할 텐데?"

저스티스는 대꾸할 말이 없다. 콴은 실제로 범죄를 저질렀다지만, 자신의 잘못은 음악 소리를 줄이려고 팔을 뻗은 것뿐이었다. 그럼에도 콴의 주장에 동의할 수밖에 없다. 그래, 올바로 살려고 노력해 봤자 무슨 소용이 있겠어?

"그럼 나는 뭘 해야 하는데?" 저스티스는 본인이 던진 질문에 스스로도 깜짝 놀란다. "대안이 뭘까?" 그다음 말은 속으로 삼킨다. 징역살이는 그다지 바람직한 선택이 아닌 것 같은데.

콴이 어깨를 으쓱한다. "음, 어떤 현명한 사람이 예전에 나한테 해 준 말인데, 해결책은 두 가지야. 첫 번째는 네가 이미 갖고 있는 힘을 이용하는 거야. 사람들은 우리 같은 존재를 두려워해. 두려운 상대에게는 개수작도 못 부려. 알겠냐?"

저스티스는 콴의 말이 와닿지 않지만, 아무튼 고개를 끄덕거린다.

"두 번째는 함께할 무리가 필요해. 뭉치면 살고 흩어지면 죽는다잖아. 사실…… 마텔한테 꼭 전화해 봐. 우리 같은 애들이 많은데, 그런 우리들에게 큰형 같은 존재니까. 우리가 알아야 할 것들도 모두 가르쳐 줬어."

그 이름을 듣는 순간 저스티스의 심장이 두근거린다. 저스티스도 마텔이 누구이고 무엇을 하는 사람인지 정확히 안다.(안녕하세요, 블랙지하드 두목님?) 절대로 어떤 폭력 조직 우두머리와도 얽히고 싶지 않다. "아냐, 됐어. 너한테 배울 만큼 배웠어." 저스티스는 또다시 어깨 너머로 슬쩍 출구를 엿본다.

콴이 씩 웃는다. "트레이 전화번호 알려 줄게. 걔한테 전화하면 마텔을 만나게 해 줄 거야."

"전혀 그럴 필요 없어, 콴. 진짜로, 나 아무렇지도 않아."

"너 혼자 헤쳐 나가기엔 힘든 세상이야. 마텔은 다 이해해 줘." 콴이 저스티스의 눈을 똑바로 쳐다본다. 그러고는 저스티스의 마음에 파문을 일으킬 말을 던진다. "네가 들어가고 싶다고 하면 환영해 줄 거야."

"정말이야. 나는 괜찮아. 게다가 지금 필기도구도 없고."

"너라면 분명 휴대폰을 돌려받을 때까지 기억했다가 입력할 수 있을 거야. 준비됐지?"

콴이 마지막 숫자를 말하자마자, 저스티스는 오는 줄도 몰랐던 교도관이 말한다. "시간 다 됐다!" 자기 차로 돌아가는 내내 콴이 했던 말들이 저스티스의 머릿속에서 맴돈다. 저항만이 살길이야…… 백인들은 우리를 전혀 존중하지 않아…… 흑인이 걸린 저주에서 벗어날 길이 없어……. 그것은 정확히 저스티스가 편지로 마틴과 다퉈 보려고 생각해 왔던 문제들이다.

그러나 마틴이라면 어떻게 했을까라는 물음이 아무런 도움도 되지 않았잖아? 그래서 편지 쓰기를 그만두지 않았느냐고.

콴이 했던 말 중에 한 가지만큼은 저스티스도 반박할 수 없다. 저스티스의 방식대로 했기 때문에 자신과, 둘도 없는 자신의 친구가 총격을 당했다는 그 말은 맞다. 그래, 콴은 구치소에 갇혀 있지만, 적어도 살아 있으니까.

매니였다면 콴보다 한술 더 떴을지도 모른다.

저스티스는 자동차에 올라타 시동을 걸려다가 콘솔 박스에서 휴대폰을 집어 든다. 마음이 바뀌기 전에, 트레이의 전화번호를 저장해 둔다.

18

저스티스는 그 번호로 전화하지 '않는' 것이 생각보다 훨씬 어렵다는 걸 알게 된다. 혼자서 오로지 그리운 친구 생각에만 빠져 있는 시간에는 더더욱. 아예 전화할 생각을 차단할 셈으로 수업이 끝나면 닥의 교실을 찾아가 얘기를 나눈다. 그런 지 며칠이 지났을 때, 미쳐 날뛰는 개에게 쫓기듯, 세라제인이 문이 부서져라 열어젖히고 교실로 헐레벌떡 뛰어든다.

세라제인을 본 순간, 저스티스는 숨이 턱 막힌다. 2주 전 장례식 이후로는 사실상 만난 적이 없었는데, 여기서 이렇게 보다니…… 음, 게다가 예기치 못한 방식으로 저스티스를 화제의 중심인물로 만들다니.

"거기 두 분!"

"왔니, SJ?" 닥이 고요한 그림처럼 말한다.

"지금 무슨 일이 일어나고 있는지 알기나 하세요?"

"안다고는 못 하겠구나." 닥이 대답한다.

"티브이 리모컨 어디 있어요?"

닥이 책상 서랍에서 리모컨을 꺼내 건네준다. 세라제인이 리모컨을 받자마자 텔레비전을 켜고 채널을 맞춘다. 저스티스는 또 다른 이유로 숨 쉬기가 어렵다.

화면에, 단박에 눈을 사로잡는 선명하고 적나라한 사진 한 장이 떠 있다. 재러드가 주도한 정치적 선언 행위가 죽을 뻔한 사고로 변질된 핼러윈 파티 때 찍은 사진이다. 물론 전국적 뉴스거리가 될 원본 사진에서, KKK 단원 복장을 한 블레이크뿐 아니라 다른 아이들까지 모두 잘라 냈다. 보이는 건 오직 남다른 폭력배 같은 저스티스 매캘리스터뿐이다.

"저 아이는 학업 성적과 수능 점수가 우수하고, 아이비리그에 속하는 명문대에 합격했다고 들었습니다." 전문가가 말한다. "그러나 사진 한 장이 그보다 훨씬 많은 것을 말해 주는군요. 저 아이는 개릿 타이슨의 파트너였던 경찰관을, 거의 충동적으로 살해한 혐의로 수감 중인 청소년과 같은 동네에서 자랐습니다."

"어떻게 저럴 수가 있지?" 저스티스가 토해 낸 소리다.

지금도 전국 곳곳에서 시위가 계속되고 있다. 참가자들은 두 소년과 개릿이 말다툼을 벌였던 그 시간을 기억하기 위해, 매주 토요일 오후 12시 19분부터 12시 21분까지 'JAM(저스티스와 매니의 이름을 합친 약자)에게 정의를'이라는 구호를 새긴 티셔츠를 입고 음악을 크게 튼 채 차를 몰았다. 그러나 저스티스는 셰마 카슨과 타바리어스 젠킨스 사건을 통해 깨달은 게 하나 있다. 사진 한 장으로 얼마든지 여론을 뒤흔들 수 있다는 사실이다.

팔짱을 낀 세라제인도 닥과 저스티스도 몸을 앞으로 내민 채, 앵커와 함께 분할 화면에 등장한 조직 폭력 대책 전문가라는 사람의 '분석'에 귀를 기울이고 있다. "제 말은 저 아이가 이중생활을 하고 있었던 게 분명하다는 겁니다. 앵커님, 저들이 뭐라고 하는지 아세요? 폭력배 인생에서 저 아이를 빼낼 수 있다고들 하는데…… 그러나 저 아이에게서 폭력배 인생을 빼낼 수는 없습니다."

세라제인: 저 개자식.

닥: 쉬…….

세라제인: 저건 노골적인 명예 훼손이잖아요!

전문가: 이매뉴얼 리버스가 대단히 훌륭한 청소년이었다는 보도들이 쏟아지고 있어요. 그런데 만약 '저 사진 속 아이'와 계속 어울렸다면요? 글쎄요, 저는 잘 모르겠군요.

저스티스: (머리를 절레절레 흔든다.) 말도 안 돼.

앵커: 저희가 받은 몇몇 제보에 따르면, 전문가께서 아까 언급하신 그 청소년이 이매뉴얼 리버스의 친척이라고 합니다. 이름은 콴 뱅크스라는데, 이에 대해 아시는 바가 있나요?

전문가: 두 아이가 콴 뱅크스와 유대 관계가 있었다고 해도

저로서는 별로 놀랍지 않습니다. 자기 파트너가 살해당하는 것을 바로 눈앞에서 목격한 그날 밤 사건 현장에서, 타이슨 경관이 저 두 아이를 보지 않았다고 누가 장담할 수 있겠습니까? 조각 정보들을 분석해서 정황을 파악해야 합니다, 앵커님. 가령 개릿 타이슨과 토머스 카스티요가 출동한다, 위법 행위자의 거주지 안에 세워 둔 레인지로버를 발견한다, 그 차 뒷좌석에서 어떤 폭력배 아이가 산탄총을 들고 불쑥 나타난다, 이런 식으로 말이죠. 그런 관련성을 하나하나 알아 가다 보면, 동일한 레인지로버가 아니라고 누가 장담할 수 있을까요? 타이슨 경관은 두 아이가 자신에게 총을 겨누었다고 진술했어요. 이 사진까지 보고 나니까, 저는 그 진술대로 하고도 남을 아이들이라는 생각을 떨쳐 버릴 수가 없군요.

관련 보도가 끝나고 다음 뉴스로 넘어가자, 세라제인이 텔레비전을 끈다.

닥은 너무 분노한 나머지 말문이 막혀 버린 표정이다. 저스티스는 두 손으로 머리를 감싸고 있을 뿐이다.

"재러드, 이 망할 새끼." 세라제인이 분통을 터뜨린다. "그 멍청이가 그딴 짓만 벌이지 않았……"

세라제인의 휴대폰이 울린다. 저스티스가 고개를 든다. 휴대폰 화면을 확인한 세라제인의 눈썹이 한껏 치솟는다.

"누구야?" 저스티스가 묻는다.

세라제인이 휴대폰을 내밀어 화면을 보여 준다. '왕재수'라는 이름이 떠 있다. "악마 새끼가 자기 얘기를 하니까 스스로 나타나네?"

"재러드야?" 저스티스가 묻는다.

"응. 복도에 나가서 받을게."

세라제인이 교실 문을 닫으면서 고함치는 소리가 저스티스의 귀에 들린다. **"오늘 뉴스 봤니, 이 개자식아?"**

닥이 저스티스의 어깨에 팔을 두르고 살짝 흔든다. "어때, 뉴스 얘기 좀 해 볼까?"

"완전 개수작이에요, 선생님!" 저스티스가 옆에 있던 책상을 걷어차자, 책상이 옆으로 넘어간다.

"그래." 닥이 책상을 바로 세운다.

"매니가 죽은 것만으로는 부족할까요? 저 사람들은 개릿이 무죄로 풀려나기를 원하나 봐요." 저스티스가 머리를 흔든다. "재러드의 제안에 반대해야 한다는 건 알았어요. 저 사진도 절대 찍지 못하게 말렸어야 했고……. 그런데 그때 제 감정을 무시해 버렸어요. 제가 하고자 했던……." 저스티스가 말을 끝맺지 못하고 이를 악문다.

"마틴 닮기 실험 때문에?"

저스티스가 고개를 끄덕인다.

"지금도 편지 쓰기 계속하니?"

"아니요."

"왜?"

저스티스가 어깨를 으쓱한다. "의미 없는 일 같아서요. 분명코 제 '실험'은 효과가 없었어요. 이제 더는 생각조차 하기 싫어요."

"그렇구나."

"제가 미치겠는 게 뭔지 아세요, 선생님?"

"글쎄다?"

"그날 있었던 일 한 가지가 기억에 남았어요. 가슴과 어깨에서 날카로운 통증을 느낀 다음엔 숨을 쉴 수가 없더라고요. 이제 죽겠구나 싶은 바로 그 순간에 불쑥 이런 생각이 들었어요. 마틴이 얼마나 좋은 사람이었는데, 그런 마틴도 죽였는데."

닥이 고개를 끄덕인다. "네 마음 알아. 그런데 킹 목사님은 자신이 살해당할 줄 알았다고 해도 삶의 방식을 바꾸지 않았을 것 같구나. 그분은 현 상황에 맞서서 얼마간 변화를 이끌어 내는 데 이바지하셨지. 아마 틀림없이 그것이 그분의 목적이었을 거야. 네 생각은 다르니?"

"제가 아는 건 킹 목사님도 매니도 죽었다는 사실뿐이에요. 게다가 저는 나쁜 놈으로 몰리고 있고요."

"그건 이해해. 저기 말이야, 뭔가 자신을 합리화하려면 세상의 광기가 필요한 사람들이 있어. 아까 그 머저리 '전문가'는 20년 경력의 베테랑 경찰이 피부색을 근거로 속단했다는 쪽보다 너와 매니가 폭력배라는 쪽을 더 믿으려는 거야. 자신을 그 경찰과 동일시하니까. 만약 그 경찰이 살인을 할 수 있다면, 자신도 똑같은 짓을 저지를 수 있다는 뜻이 되거든. 그걸 용납할 수 없는 거라고."

"그거야, 그 사람의 콤플렉스 때문이잖아요. 그건 저와는 상관없는 문제인걸요."

"네 말이 맞아. 그런데 '네' 문제이기도 해. 그런 사람들에게 너도 영향을 받으니까. 이런 표현 써서 미안하다만, 개같다는 건 나도 알아. 절대로 공정하지도 않고. 하지만 그런 사람들은 개릿의 행동을 정당화할 수밖에 없어. 자기네 세상이 예전처럼 변함없이 계속 돌아가게 하려면 네가 응분의 대가를 치러야 하는 나쁜 놈이라고 믿을 '필요'가 있으니까."

"그게 내 문제도 된다고 치면요? 그게 저한테 어떤 도움이 되는데요?"

"도움이 안 돼."

저스티스가 또다시 고개를 가로젓는다. 트레이의 전화번호가 번뜩 저스티스의 뇌리를 스친다. "그럼 굳이 '좋은' 사람이 되려고 노력해야 할 이유가 대체 뭔데요?"

"네가 다른 사람의 생각과 행동을 바꿀 순 없어. 그러나 '너 자신'을 완벽하게 통제하는 건 가능해. 요컨대 중요한 문제는 단 한 가지뿐이야. 이 세상이 영영 아무것도 바뀌지 않는다면, 너는 어떤 유형의 사람이 될 것인가 하는 문제."

짙은 침묵이 교실을 내리덮는다. 이윽고 저스티스가 막 입을 열려는 순간, 세라제인이 돌아온다. 그런데 곧바로 교실로 들어오지 않고 문기둥에 기대선 채 미간을 모으고 있다.

"SJ? 너 괜찮니?" 닥이 묻는다.

세라제인이 퍼뜩 정신을 차린다. "어릿광대짓을 하던 재러드가 그 역겨운 탈을 벗어 던지려나 봐요."

"머?" 저스티스다.

세라제인이 저스티스 옆으로 걸어가 빈 의자에 앉는다. 그러고는 얼굴을 돌려 저스티스를 바라본다. 눈을 똑바로. "이 문제를 해결하고 싶대."

"잠깐." 저스티스가 머리를 흔든다. "가만있어 봐. 뭐가 뭔지 모르겠어."

"재러드였어, 전화한 사람."

"그건 아까 알았고."

"음, 그 핼러윈 사진으로 그런 짓을 한 사람들에게 열 받았나 봐. 자기 아빠가 지금 몇몇 사람에게 전화하고 있으니까 곧 원본 사진이 온전히 공개될 거래. 그 터무니없는 KKK 단원 복장을 한 블레이크까지 모두."

저스티스는 어안이 벙벙하다. 지금 이 재러드가, 얻어맞았다는 이유로 매니를 고소하려던 그 재러드 맞나? 도대체 왜 느닷없이 도덕군자 흉내를 내지? "걔가 왜 그러는 걸까?"

"솔직히 나도 얼떨떨해. 좀…… 환멸을 느낀 것 같다고 해야 하나? 전화를 받자마자 개자식이라고 욕했는데도, 기죽은 목소리로 '입이 열 개라도 할 말이 없어, SJ. 이건 순전히 내 잘못이야.' 하는 거야. 오죽했으면 내가 통화 상대방이 누군지 확인하려고 휴대폰을 들여다봤겠어?"

저스티스가 이를 악문다. "그럼 이제는 백인의 위대한 희망*이 되고 싶은……"

닥이 말을 가로챈다. "내가 잘못 알고 있는지 모르겠다만, 매니와 재러드는 좋은 친구 사이였어. 맞니?"

저스티스가 어깨를 으쓱해 보인다. "네, 맞을 거예요."

"너희 말이야, 더는 친구 이름을 더럽히고 싶지 않은 마음이 너희보다 걔가 더 클지 모른다는 생각은 안 드니?"

세라제인도 저스티스도 대답이 없다.

"재러드 좀 봐줘. 그 아이도 비통해하고 있잖아."

저스티스의 시선이 천천히 교실을 가로질러 사회진화학 수업 시간에 매니와 재러드가 나란히 앉아 있던 자리로 옮겨 간다. "네, 그럴게요."

"나 화장실 좀 가야겠다." 닥이 일어선다. "잠깐 실례."

닥이 자리를 비우자, 저스티스가 세라제인의 존재를 의식하는 강도가 급상승한다. 저스티스는 책상에 얹어 놓은 세라제인의 손을 바라본다. 손톱에 칠한 초록색 매니큐어가 눈에 띈다. 저스티스의 입가에 미소가 번진다. 세라제인네 집에서 토

---

* 인종 차별이 극심하던 1930년대에 세계 권투 헤비급 챔피언전에 도전한 잭 존슨이 흑인 최초로 챔피언이 되자, 백인들이 챔피언 자리를 되찾기를 열망하며 도전자로 나선 백인 선수 짐 제프리스에게 붙인 별칭. 백인 선수는 TKO로 패배했다.

론 대회 준비를 하던 어느 날, 둘이서 잠깐 근처 드러그스토어에 간식을 사러 갔었다. 계산하기 직전에 세라제인이 저스티스에게 가장 좋아하는 색이 뭐냐고 물었다. 초록색이라는 대답을 듣고는 냉큼 뛰어가서 초록색 매니큐어 한 병을 들고 왔었다.

저스티스가 목청을 가다듬는다. "그러니까……"

"잠깐, 나 말할 게 있어."

"그래, 해."

세라제인이 저스티스를 마주 본다. "너한테 사과할게. 그때…… 그냥 나와 버린 거." 세라제인이 손톱을 뜯으며 말한다. "토론 대회가 끝난 다음에. 아무런 설명도 없이. 미안해."

"아." 자신도 잘 모르는 어떤 감정이 저스티스의 가슴에서 솟구친다. 섣불리 행동하면 위험하다는 것을 저스티스는 잘 안다. 특히 세라제인이 저런 눈빛으로 바라보고 있을 때는. "지금, 어…… 지금은 설명해 줄 거야?"

"내가 너무 당황했었나?"

"맞아, 너 완전 당황했었어."

"음, 멜로가 있었잖아……. 게다가 멜로에 대한 네 감정이 어떤지도 모르겠고, 내가 어떻게 해야 옳은 건지도 모르겠더라. 아무튼 중요한 건 이거야. 앞으로는 절대 그런 일이 없을 거라는 거."

"알겠어."

"진심이야, 저스. 나는 너한테 힘이 되고 싶어. 네가 필요하다면 무엇으로든. 친구든, 포옹이든, 뭐든지 다."

"고마워, SJ." 저스티스가 어깨로 세라제인을 툭 친다. "정말 고맙다."

세라제인이 고개를 끄덕인다. "그럼 우리 이제부터 잘 지내는 거지?"

"그래." 저스티스가 빙긋 웃는다. "잘 지내는 거야."

대중 선동 행위로 해임된 부사장!

소냐 키트리스(《더 트리뷴》 기자)

줄리언 리버스 씨가 'JAM에게 정의를' 운동에 관여했다는 곤혹스러운 소식들이 보도된 이후, 데이비드슨 웰스 금융주식회사 부사장직에서 물러났다. 척 윌리스 최고 경영자에 따르면, 지난주 몇 시간 동안 교통마비를 빚은 애틀랜타 시위행진 대열의 선두에 선 리버스 씨의 사진이 보도되면서 유명 인사 고객 일부를 잃은 결과, 자산 관리 회사의 수익이 약 8,000만 달러 감소했다고 한다. 어제 오후 배포된 언론 보도 자료를 통해, 최고 경영자는 다음과 같은 견해를 밝혔다. "당사는 비극적으로 자식을 잃은 사안의 중대성을 존중합니다. 그러나 대중교통을 마비시킨 행위에 관여한 것은 수사 및 해고 가능성의 근거가 됩니다. 리버스 씨는 저희 데이비드슨 웰스사에서 무려 19년간 근무한 대단히 소중한 자산이었습니다. 당사는 리버스 씨가 떠나는 모습을 보고 싶지 않았습니다만 각자의 길을 가기로 상호 합의하였습니다."

리버스 씨의 아들 이매뉴얼은 지난 1월 음악 소음 때문에 언쟁하던 도중 발생한 총격 사건으로 사망했다. 지난달에 기소된 총격 가해자에 대한 재판 날짜는 아직 결정되지 않았다.

19

요즈음 저스티스는 자신 있게 안다고 할 만한 것이 별로 없다.
그러나 지금 87번 버스 뒷좌석에 앉아 있으면 안 된다는 것은
안다. 호주머니에 들어 있는 신문 기사만 아니었다면, 지금쯤
기말시험 공부를 하거나 세라제인과 함께 있었을 것이다. 그러
나 지난 며칠간 저스티스의 머릿속에는 오직 한 가지, 초대를
받고 찾아간 자신에게 이사 계획을 알려 줄 때 너무나 슬퍼 보
이던 매니의 부모님 생각뿐이었다.

　게다가 닥 선생님이 복사본 한 장을 건네주었는데, 받고 보
니 줄리언 아저씨가 부사장직에서 '물러났다'고 보도한 그날
아침 기사였다. 보자마자 대뜸 기자 이름이 너냐 비드니스*라

---

* Nunya Bidness. 'None of your(=Nunya) business'(네 일이나 신경 써, 네 일이나 잘해)라
　는 관용구에서 마지막 단어를 '불법 행위'라는 뜻의 속어 bidness로 바꾼 것.

면 더 어울렸겠다는 생각이 들었다. 매니의 부모님은 'JAM에게 정의를' 운동 애틀랜타 지부의 활동 자금을 거의 대부분 후원했다. 따라서 두 사람이 애틀랜타의 시위행진에 참여한 것은 당연한 일이었다. 참가자가 많아서 사람들이 도로까지 메우는 바람에, 상행과 하행 차선이 모두 막힌 상황에서 사진이 찍힌 것도 매니의 부모님 잘못이 아니었다.

저스티스가 초대받은 자리에서 들은 건 이사 계획만이 아니었다. 줄리언 아저씨가 최후통첩을 받은 얘기도 들었다. (길게 늘어놓았다던 최후통첩을) 한마디로 요약하자면, 소위 말하는 그 운동에서 완전히 손을 떼든가 아니면 부사장실을 비우라는 내용이었다. 줄리언 아저씨는 또한 벽에서 증서 액자들을 떼어내기 전에 "'시민 불복종'의 의미를 차분히 설명했다"는 이야기도 들려주었다.

저스티스는 지금 오크리지부터 윈우드하이츠까지 운행하는 87번 버스 막차를 타고 있다. 리버스 부부를 만나고 그 집을 나서는 순간부터, 흑인이 걸린 저주에서 벗어날 길이 없다던 콴의 말이 머릿속에서 계속 메아리쳤기 때문이다. 달리 갈 곳도 기댈 사람도 생각나지 않았다. 아무리 좋은 친구일지라도 세라제인에게 털어놓기에는 뭣한 문제였다. 닥 선생님을 찾아갈 수도 있었다. 그러나 세상 사람들이 너한테 좆같이 굴지라도 좋은 사람이 되라는 식의 충고 따위는 이제 지긋지긋하다.

엄마는 어떻게 나올지 뻔하다. 자신의 행선지를 알면 대뜸

목을 졸랐을 것이다. 그 동네 사람이라면 '누구나' 마텔의 정체를 아니까. 게다가 솔직히 요즘에는 엄마도 아무 도움이 되지 않는다. 전화를 하든 집에 들르든, 그때마다 세라제인 얘기뿐이다.

저스티스는 지금 자기 기분이 지랄 같다는 것 말고는 안중에 없다. 꼭 누가 배 속으로 기어들어 강판으로 긁어 대는 것 같다. 어떻게든 그런 기분을 떨쳐 내야만 한다. 똑같은 것을 느꼈기에 자기 생각을 털어놓아도 받아 줄 사람이 필요하다.

그런 사람을 꼽으라면? 듀스 디그스가 있다. 저스티스는 가장 친한 친구가 없어진 세상에서 눈을 뜬 이후로 이 래퍼의 음악을 많이 들었다. 해임 기사가 난 이후에는 한 곡만 반복해서 들었다.

뉴스 틀어 봐, 흑인이 또 살해당했어.
저들이 뭐라냐면, 괜찮대. 말을 아끼래, 따지지 말래.
이건 인종 문제가 아니니까, 그런 핑계는 그만 우려먹으래.
이젠 교수형 밧줄을 맨 우스꽝스런 오바마 사진이나 보래.
이게 어떻게 인종 편견이냐는데? 니가 무슨 흑인이냐는데?
중요한 건 살갗 밑, 우리 모두 빨간 피를 흘리지 않냐는데?
그러니까 인종 카드는 치우래. 지금은 1962년이 아니래.
지금은 흑백 분리 같은 거 없대. ……그러면 된 거 아니냐는데?

물론 저스티스가 듀스 디그스에게 접근할 방법은 없다. 통화할 수 있다고 쳐도 할 말은 뻔하다. 야, 인마, 나도 너랑 똑같은 기분이야. 어디 얘기 좀 해 볼까?

저스티스는 그 동네 아이들은 '가족 같다'던 콴의 말을 떠올린다. 마텔은 다 '이해해' 준다던 말도. 자신이 들어가고 싶다면 환영해 줄 거라는 말도.

지금 저스티스가 이 버스에 타고 있는 진짜 이유는 따로 있다. 혼자라는 느낌이 신물 나기 때문이다.

버스에서 내리자마자 아이러니하다는 생각이 저스티스의 뇌리를 스친다. 위안을 얻겠답시고 찾아온 데가 하필 자신이 간절히 벗어나고 싶었던 동네라니. 최신형 벤츠가 지나가는 것을 볼 때는 죄책감도 든다. 마텔을 만나러 이 동네에 오면서 새 차를 몰고 오는 게 꺼림칙해서 일부러 버스를 타고 온 참이다. 백인에게 인종 프로파일링을 한다고 화낼 자격이 있나? 문단속 단단히 해…… 귀중품은 꽁꽁 숨겨 둬……. 이따위 짓거리를 똑같이 하면서? 심지어 매니의 시계도 기숙사 방에 벗어 놓고 온 자신이?

이 썩어 빠진 정신머리를 뜯어고쳐야 한다.

저스티스가 왼쪽으로 돌아 윈우드 거리로 들어선다. 군청색 레인지로버가 보인다. 트레이가 집 앞 주차 공간에 있을 거라던 바로 그 차다. 매니가 몰던 것보다 훨씬 낡았는데도, 레인지로버를 보자마자 줄행랑을 치고 싶다.

저스티스는 여기서 돌아서야 한다. 그래야만 한다. 당장 돌아서서, 마호가니 책상 위에 학교에서 받은 노트북이 놓인 '보금자리'로 돌아가야 한다.

그러나 그러지 않는다.

레인지로버를 세워 둔 집 앞까지 간다. 그제야 저스티스는 현관 계단에 세 사람이 앉아 있는 것을 발견하고 화들짝 놀란다. 트레이, 백인 소년 브래드, 처참했던 핼러윈 때 권총을 갖고 있었던 남자애다.

"어라? 헛똑똑이가 웬일이야?" 브래드가 소리친다.

이름이 기억나지 않는, 권총 가진 녀석이 실실거린다. "잘지냈냐, 저스티스? 진짜 반갑다, 둘도 없는 친구야!"

다른 애들이 웃음을 터뜨린다.

저스티스의 시선이 대뜸 그 애 허리춤에 꽂힌다. 셔츠 자락밑으로 불룩한 권총 손잡이가 보인다. 오싹 소름이 끼친다.

저스티스는 애써 태연한 척한다. "얘들아, 잘 지냈니?"

이번에는 셋이 다 함께 웃어 젖힌다.

트레이는 몇 달 전 핼러윈 파티 장소에서처럼 저스티스를 위아래로 훑어본다. 조롱기 섞인 섬뜩한 미소를 짓고 있다. 저스티스는 간담이 팬티 속까지 철렁 내려앉을 것만 같다. 트레이가 어깨 너머 이중으로 된 현관문을 향해 소리친다. "저기요, 마텔. 누가 찾아왔어요." 저스티스가 현관문 앞에 올라서는 순간, 안에서 외치는 목소리가 들린다. "들어와, 동생!"

심장이 터질 것 같은데도, 저스티스는 문을 열고 안으로 들어선다. 집 안에 숨겨 둔 마약과 총이 수두룩하다는 소문 때문에 바짝 경계하는 눈초리다. 짧은 복도를 따라 아프리카 유물처럼 보이는 물건이 줄줄이 서 있다. 부족 탈들, 상형문자 액자, 옛 이집트 왕비 네페르티티의 실루엣 초상 등등. 저스티스는 그 초상을 알아본다. 몇몇 NBA 농구 선수들이 되살리려고 애쓰는 플랫톱 헤어컷*을 떠올리게 하는 원통형 모자 때문이다.

거실 벽마다 비슷비슷한 공예품이 도배되어 있다. 이 정도면 틀림없이 고대 이집트 장신구를 가장 많이 소장한 집이라는 세계 기록을 세울 법하다. 이리저리 떠돌던 저스티스의 눈길이 마침내 머문 곳에 생각보다 젊고 턱수염을 기른 흑인 남자가 있다. 다시키** 셔츠를 입고 쿠피*** 모자를 쓴 남자가 켄테****천을 입힌 쿠션이 깔린 파파산***** 의자에 다리를 꼬고 앉아 있다. 가장 눈에 띄는 것은 남자의 발목에 채워진 까만 추적 장치다. '그것'이 바로 저스티스를 카페에서 만날 수 없는 이유였다.

"어서 와라. 네가 저스티스구나."

"네…… 맞아요."

"마텔이다." 남자가 손을 내밀자, 저스티스가 걸어가서 악

---

* flattop haircut. 윗머리를 평평하게 일자로 짧게 자른 헤어스타일.
** dashiki. 다채로운 색상으로 날염한 서아프리카 전통 셔츠.
*** kufi. 아프리카 이슬람 문화권에서 쓰는 테 없는 모자.
**** kente. 바구니 문양을 본떠 비단과 면으로 짠 아프리카 가나의 전통 수직물.
***** papasan. 등나무나 고리버들 줄기로 짠 둥글고 우묵한 그릇 모양의 의자.

수한다. "만나서 반갑다."

"저도요." 저스티스가 또다시 두리번거리다가 손을 호주머니에 찔러 넣는다.

저스티스는 중학생 때부터 블랙지하드의 우두머리에 관해 알고 있었다. 그런데 직접 만나 본 마텔은 소문과는 '다르다'. 솔직히 저스티스는 이 남자에게 건넬 말이 떠오르지 않는다. 침묵이 뭔가 진짜 위협적인 것으로 변하기 시작한다. "공예품이 멋지네요."

마텔이 빙그레 웃는다. "나는 케메트* 유물들에 에워싸여 있는 게 좋다. 그러면 우리 애들도 나도 우리네 뿌리가 왕족이라는 걸 절대로 잊지 않을 테니까. 너도 그걸 아니?"

저스티스가 어깨를 으쓱해 보인다. "조금 공부하기는 했는데, 아는 건 별로 없어요. 죄송합니다."

"사과할 것까지는 없어." 마텔은 턱 밑에 손가락 첨탑을 세운다. "배우게 될 거야, 동생. 배우게 될 거라고. 유럽인들이 아프리카 후예들을 폄훼하고 노예로 삼는 데 성공했지만, 네 몸속에는 왕족의 피가 흐르고 있다. 내 말 알겠니?"

저스티스가 고개를 끄덕거리며 침을 꿀꺽 삼킨다. "예, 알겠습니다."

"우리는 뿔뿔이 흩어져 기나긴 세월 동안 열등한 민족으로

•   Kemet. 고대 이집트 왕국의 이름.

취급당했고 우리 대다수가 백인이 우월하다는 거짓말에 길들여졌지. 그러나 절대로 잊지 마라. 네 조상들은 배에 실려 대서양을 건널 때도 살아남아 이 나라를 밑바탕부터 세웠다. 생존 환경이 너희는 결코 인간일 리 없다고 암시할 때조차 인간다움을 잃지 않았어. '지하드'는 투쟁하고, 끝까지 굴하지 않는다는 뜻이다. 그것이 '네' 유산이다, 동생. 이 땅은 '네' 나라야."

마텔의 목소리를 들으면서, 저스티스는 긴장이 풀리는 것을 느낀다. 목소리 자체 때문인지, 말하는 내용 때문인지, 아니면 공예품이나 향냄새나 분위기 때문인지 그건 모른다. 그러나 마텔과 이 집의 무엇인가가 저스티스의 마음을 한결 누그러뜨린다.

저스티스가 마텔을 바라본다. 거실에 들어왔을 때부터 내내 지켜보았고, 표정을 읽었고, 이모저모 뜯어보았다. 마텔도 그것을 안다. ……맞다, 마텔은 정말로 이해해 주는 사람이다. 환영받을 거라던 콴의 그 말을, 저스티스는 몸소 고스란히 느낀다. 단단히 무장했던 마음이 풀어지면서 현기증이 난다.

"자, 내가 뭘 해 주면 좋겠니?" 마텔이 묻는다. 저스티스는 어느새 누구에게도 말하지 못한 것들을 줄줄 털어놓고 있다. 인종 프로파일링을 당한 심정이 어땠는지, 마틴 닭기 실험을 왜 시작했고 어떻게 실패했는지, 얼마나 분노했는지, 혼자라는 느낌이 얼마나 지독한지, 친구가 얼마나 그리운지 등등.

마텔은 귀담아듣는 동안 수염을 쓰다듬기도 하고, 매니의 죽음에 관한 대목에서는 눈을 지그시 내리뜨고, 줄리언 아저씨의 해임 얘기를 들을 때는 눈을 가늘게 좁힌다. 모든 이야기를 거의 다 쏟아 냈을 즈음, 저스티스는 이집트산 카펫 한복판에 새겨진 커다란 앙크* 문양 맞은편에 대자로 누워 있다. 다 비워 낸 느낌이다…… 후련하게.

마텔이 말없이 일어나 부엌일 게 분명한 곳으로 사라진다. 바닥에 닿은 저스티스의 머리가 왼쪽으로 돌아간다. 나탁의 모서리 밑에서 총신이 짧은 산탄총**을 발견한다.

느닷없이 명치를 맞고 나동그라진 기분이다. 여기서 나가야 한다. 제아무리 편한 사람 같아도, 마텔은 범죄자다.(여보세요? 전자 발찌를 차고 가택 연금되신 분?) 바깥에 있는 건…… 매니의 오랜 친구들을 '총으로' 위협했던 바로 그 아이들이다.

저스티스, 너 도대체 여기서 뭐 해?

바닥을 발로 톡톡 치는 소리에 저스티스가 올려다본다. 마텔이 손에 유리컵을 들고 옆에 쪼그려 앉아 있다.

저스티스가 일어나 앉아 유리컵을 받아 든다. 대뜸 벌컥벌컥 마시고 보니, 뜻밖에도 술이다. 저스티스가 캑캑거린다. 꼭 지옥 불이 식도를 타고 가슴을 지나 배 속으로 번지는 것 같다.

- ankh. '생명의 열쇠'라는 뜻을 지닌 고대 이집트의 상형문자로, 위쪽이 고리형인 십자가 모양이다.
- 1930년대에 제정된 총기 규제법에 따라 일반 시민은 산탄이 짧은 산탄총의 소지가 금지되었다.

마텔이 껄껄 웃는다. 이건 즐거운 놀이를 볼 때 나오는 웃음소리라는 걸 저스티스는 안다. 아버지 없는 동네 아이들이 마텔에게 모여드는 이유가 뭔지 알 만하다. "자, 이제 환상이 사라졌지, 어? 실상이 좀 보여?" 마텔이 말한다.

저스티스가 고개를 끄덕거린다. 불같던 술이 확 깨고, 가슴속에 좌절감이 다시 들어찬다.

"반격할 준비 됐니?"

이건 예상했던 질문이다. 정작 저스티스가 대비하지 못한 것은, 두려움이다. 자신이 폭력적 분노에 직면할 때마다 여태껏 온갖 어려움을 헤치고 나아온 것 같은 그 두려움. 저스티스는 반격할 준비가 됐을까? 그건 매니가 원하지 않을 게 뻔하다.

그럴지라도 굳이 '여기까지' 온 건 매니가 이 세상에 없기 때문이다.

저스티스가 마텔을 올려다본다. 그 남자의 얼굴에는 불안감이 전혀 없다. 압박감도, 두려움도 전혀 없다. 저스티스가 유리컵을 들어 다시 입에 대는데…….

문이 벌컥 열린다. 트레이가 권총 가진 녀석과 백인 소년 브래드를 달고 방으로 뛰어든다. "이것 좀 보세요." 트레이가 이렇게 말하며 휴대폰을 마텔에게 건넨다. 세 아이가 마텔 곁에 둘러선다.

"브래드, 핼러윈 파티 때 네가 주먹을 날린 그 바보 새끼 맞지? 그 개같은 KKK 단원의 쪼가리를 쓰고 있던?" 총 가진 애가 묻는다.

"응, 그놈 맞아." 브래드가 대답한다.

"우리 애들 말로는 몇 달 전에 저스티스 네가 이놈을 묵사발 냈다던데." 마텔이 저스티스에게 휴대폰을 내민다.

블레이크 벤슨의 사진 위에 두드러지게 큰 제목이 붙어 있다. '**저스티스 매캘리스터의 폭력적 과거: 예전 피해자의 폭로.**'

"와, 존나. 야, 헛똑똑이." 트레이가 저스티스의 어깨를 잡아 흔든다. "너한테 이런 소질이 있는 줄은 몰랐는걸?"

"와, 씨." 총 가진 애가 감탄한다. "저 새끼 말대로 주먹질한 게 맞는다면, 언제든 환영이다."

"그럼그럼. 이제 보니 생각보다 훨씬 더 우리 쪽에 가깝네." 브래드가 맞장구친다.

저스티스는 지금까지 들은 걸로도 충분하다. "나 갈게." 저스티스가 허겁지겁 일어서서 내처 문을 뛰쳐나간다. 트레이 패거리가 뒤따라 나오며 소리쳐 불러도 돌아보지 않는다.

"그냥 보내 줘." 빠져나가는 저스티스의 귀에 마텔이 외치는 소리가 들린다.

20

프리드먼 부인이 문 앞 계단에 서 있는 저스티스를 보고 소스라치게 놀란다. 그러자 저스티스가 자기 뒤에 귀신이라도 있나 싶어 어깨 너머를 돌아다본다.

"저스티스?"

"안녕하세요. 세라제인 집에 있나요?"

"물론 있지. 들어와, 어서."

금방이라도 눈이 튀어나올 것 같은 모습으로 서 있는 부인을 보면서, 저스티스는 그제야 연락도 없이 불쑥 찾아오는 일은 삼갔어야 한다는 생각이 든다. 작정하고 그런 건 아닌데…… 마텔의 집에서 곧바로 학교 기숙사로 돌아갔다가, 차에 올라탔고, 본능이 이끄는 대로 했던 것이다.

그러다 도착한 곳이 여기였다.

"미리 연락했어야 하는데, 죄송합니……"

"아냐, 아냐. 그래서 그런 건 절대 아니고, 그냥…… 음, 우린 네가 자주 들르던 때가 무척 그리웠거든."

'그리웠다'고?

"SJ는 위층 자기 방에 있어. 한데 먼저 닐에게 인사부터 하면 안 될까? 그이가 널 보면 좋아서 펄쩍펄쩍 뛸 거야."

"어…… 그럴게요."

저스티스가 프리드먼 부인을 따라 거실로 간다. 프리드먼 씨가 안락의자에 편안하게 기대앉아 스포츠 준결승전 재방송을 보고 있다. "닐, 누가 왔게요?"

프리드먼 씨가 저스티스를 보고는 벌떡 일어선다. "우리 똘똘이!"

"안녕하세요."

"정말 너로구나!" 프리드먼 씨가 저스티스를 덥석 끌어안는다. 그 바람에 어깨가 눌린 저스티스가 살짝 움찔한다. "잘 지냈니? 이렇게 보니 정말 반갑구나!"

"그러신 것 같네요."

부부가 동시에 웃음을 터뜨린다.

저스티스는 침을 꿀꺽 삼킨다. 은근히 버겁다, 이 모든…… 사랑이.

"SJ는 자기 방에 있으니까 가고 싶으면 이제 올라가도 돼, 저스티스." 프리드먼 부인이 말한다.

"감사합니다. 따뜻하게 반겨 주신 것도 감사드려요. 다음에 올 때는 꼭 미리 연락할게요."

"아이고, 안 그래도 된다니까."

저스티스가 웃어 보이고는 돌아서서 위층으로 향한다.

"얘야, 우리 똘똘이. 무엇이든 필요한 게 있으면, 그게 뭐든 말이지, 주저하지 말고 우리한테 전화하기다? 알았니?" 프리드먼 씨가 저스티스의 뒤에 대고 말한다.

처음에, 저스티스는 흠칫한다. 지금 상황에서 저스티스가 감당할 수 없는 것이 하나 있다면, 그것은 동정이다.

그런데 어깨 너머로 바라본 세라제인의 부모님 얼굴에 어린 표정, 그것은 다르다는 것을 저스티스는 깨닫는다.

저스티스가 목청을 가다듬는다. "정말 진심으로 감사합니다. 그 말씀이 제게는 너무나 소중해요."

"약속한 거다, 너."

프리드먼 씨에 이어 부인이 말한다. "그래, 우리가 너무 요란을 떨어서 민망하구나. 어서 올라가."

저스티스는 계단을 올라갈수록 초조해진다. 만약 세라제인이 난데없이 나타난 자신을 부모님만큼 시원시원하게 맞아 주지 않으면 어쩐다? 혹시 지금 바쁘다면? 자고 있으면 어쩌지? 무슨 말로 인사해야 좋을까?

살짝 열려 있는 방문 틈으로, NPR 공영라디오 방송과 캐리 언더우드의 노래가 동시에 흘러나온다.

예전과 다름없이.

저스티스가 노크한다.

"들어오세요."

세라제인이 학교 라크로스부 반바지에 티셔츠 차림으로 침대 위에서 다리를 쭉 뻗은 채, 미적분학 책을 무릎 위에 펼쳐놓고 있다. 그런데 저스티스를 보자마자, 자기 아빠와 똑같이 벌떡 일어나 앉아 자기 엄마와 똑같은 표정을 짓는다.

그걸 본 저스티스의 얼굴에 미소가 번진다.

"안녕." 저스티스가 인사한다.

"안녕! 어⋯⋯." 세라제인이 잠깐 동안 무엇을 해야 할지 모르겠는 사람처럼 허둥거리더니, 부랴부랴 미적분학 책을 덮어 옆으로 치워 놓고, 두 다리를 빙 돌려 침대에 걸터앉는다. 그러고는 "아!" 하더니, 협탁에서 리모컨을 집어 들어 책상 위 노트북에 연결된 스피커를 겨눈다. 라디오 방송과 캐리의 노래가 동시에 조용해진다. "그러니까⋯⋯ 네가, 어⋯⋯ 왔구나."

저스티스가 웃음을 터뜨린다. "네 부모님도 그렇게 말씀하시더라."

"으악, 우리 엄마 아빠가 완전 못살게 괴롭혔지? 미안해." 세라제인이 고개를 가로젓는다. "두 분이 요즘에 그야말로 '온통' 네 얘기만 하시거든. 올 줄 알았으면 내가 미리 귀띔해 주었을 텐데."

저스티스가 또다시 큰 소리로 웃는다. "아무렇지 않았어. 사실은 기분이 썩 좋더라."

세라제인이 미소 짓는다. 그러고는 "앉을래?" 하면서 자기 옆 빈자리를 가리킨다.

저스티스가 너무 가까이 앉는 바람에 두 사람의 어깨와 다리가 맞닿는다. 세라제인의 몸이 따뜻하다.

"그래…… 무슨 일로 프리드먼 씨네 집을 찾아오셨네요, 매캘리스터 군?" 세라제인이 무릎으로 저스티스의 무릎을 슬쩍 친다.

저스티스가 세라제인을 돌아다본다. "너 보러."

"나?"

"응, 내가…… 음……" 저스티스가 눈길을 돌린다. "그게 말……"

"무슨 일 있는 거 아니지, 저스?" 세라제인이 저스티스의 손목 바로 위쪽에 손을 얹는다. 그 순간, 몇 달이나 지났는데도 수갑을 찼던 기억이 저스티스를 엄습한다.

저스티스는 세라제인의 손을 내려다보면서, 한시름 던 것 같아 안도한다. 이제는 거의 잘려 나갔지만, 여전히 자신이 가장 좋아하는 색깔이 세라제인의 손톱에 남아 있다.

저스티스가 벌떡 일어나, 세라제인을 일으켜 세우더니 두 발이 바닥에서 들리도록 꼭 끌어안는다.

"저기…… 그래, 머." 세라제인이 말한다.

저스티스가 세라제인의 머리에서 풍기는 과일 샴푸 향을 들이마신다. "오늘 폭력 조직에 들어갈 뻔했어."

"머?"

"내가 폭력 조직원이 될 뻔했다고." 저스티스가 세라제인을 내려놓는다. "핼러윈 파티 때 만났다던 애들 기억나?"

"총으로 위협했다는 걔들 말이야?"

"응. 오늘 걔네 우두머리를 만나러 갔었어."

"뭘 어쨌다고?"

"그동안, 어…… 걔들과 한패가 되면 어떨까 생각하고 있었거든."

세라제인이 입을 딱 벌리고 멍하니 저스티스를 바라본다.

두 사람은 도로 침대에 걸터앉는다. 그때부터 저스티스는 세라제인에게 소년범 구치소에 있는 콴을 면회한 일부터 마텔의 집을 찾아가기까지의 일들을 들려준다. 어느 순간부터 저스티스가 울기 시작한다. 여느 때 같으면 당혹스러워했을 일이다. 그런데 지금은 아니다. 왜냐하면…… 음, 자신이 기억할 수 있는 아주 어린 시절 이후로 가장 마음이 편하기 때문이다.

그거야 당연한 일이겠으나, 그처럼 마음이 편안한 건 아마 머리를 어깨에 기댄 채 세라제인의 품에 안겨 있기 때문이기도 할 것이다. 저스티스는 언제 이렇게 되었는지 전혀 모르겠지만, 두 사람은 마침내 여기까지 왔다.

저스티스는 매니가 자기더러 엉큼한 놈이라고 욕할 것만 같다. 덩칫값도 못 하고 어린애처럼 세라제인의 품에 안겨서 운다고. 매니가 생각나는데도 슬프기는커녕 도리어 웃음이 난다. 매니가 이런 말도 할 것 같다. 참 오래도 걸렸다, 바보야.

잠깐 정적이 흐른 뒤 세라제인이 팔을 풀자, 품에 안겨 있던 저스티스가 똑바로 앉는다. "들어 줘서 고마워." 저스티스가 살며시 웃는다.

세라제인은 정색을 짓고 있다.

"너 괜찮아?"

"저스티스, 너 나 좋아하니?"

"엉?"

세라제인이 자신의 무릎을 꽉 움켜잡는다. "뭐랄까…… 지금 많이 힘들다는 건 아는데……."

"그런데?"

세라제인이 저스티스를 바라본다. "마음속에 묻어 두는 건 이제 못 하겠어, 저스."

"그게 무슨 말이야, SJ?"

세라제인이 한숨을 내쉰다. "좋아, 무슨 말이냐면, 나 10학년 때부터 너한테 반했어."

"그게 정말이야?"

"그래. 처음엔 그뿐이었어. 이렇게까지 될 줄은 전혀 몰랐어. 그런데 지난 학기에 함께 이야기하고 같이 지내는 시간이 많아지면서, 그게…… '진화'했어."

저스티스는 어안이 벙벙하다.

"문제는, 네 마음을 어떻게 읽어야 할지 정말로 모르겠다는 거야. 어떨 땐 나한테 빠진 것 같다가도, 또 어떨 때는 뒷걸음치는 것처럼 보여. 때로는 세상을 쟁반에 담아 너한테 갖다 바치고 싶게끔 나를 바라보고, 때로는 눈길조차 주지 않으려 하고."

"헐."

"너랑 친구로 지내는 게 좋아. 그런 만큼 우리 관계가 뭔가 더 발전할지 모른다는 희망을 계속 붙들고 지낼 수는 없어. 이젠 네 감정을 알아야겠어. 그러니까 솔직히 말해 줘." 세라제인이 저스티스의 눈을 똑바로 본다. "너 나 좋아하니, 저스?"

저스티스가 침을 꿀꺽 삼킨다. "어, 나는, 저기……."

"어머머머. 전혀 아니구나."

"엥? 나는 그렇게 말하지 않았……"

"더듬거렸잖아!"

저스티스는 자신의 갈색 손을 유심히 내려다보다가 매니의 손목시계를 본다.

"됐어, 괜찮아." 세라제인이 말한다. "그래도 계속 친구로 지낼 수……"

"SJ, 나 너 좋아해."

세라제인이 저스티스를 노려본다. "내 입을 다물게 하려는 속셈이라면 됐으니까 관둬, 저스티스."

"그런 게 아니야! **진짜로** 좋아해, 맹세코! 지금까지 좋아했던 어떤 여자애보다 훨씬 많이."

"왜 '그런데'가 따라 나올 것 같은 기분이 들까?"

저스티스가 한숨을 내쉰다.

"멜로 때문이구나, 그렇지?"

"뭐라고? 아니야! 멜로랑은 끝났어. 결단코 다시 만날 일 없다고."

"그럼 뭐가 문젠데? 나 때문이니?"

"아니! 그게……." 저스티스가 방 안을 둘러본다. 세라제인 이 있는 쪽만 피해서. "좀 복잡해."

세라제인이 고개를 떨군다. "그냥 못 들은 걸로 해."

"잠깐만! 그럴 수는 없어!"

지금이 아니면 절대로 못 해, 인마. 저스티스의 머릿속에서 매 니의 말이 울린다.

저스티스가 정면으로 세라제인을 바라본다. "SJ, 미안해. 혼란스럽게 해서. 네 말이 맞아. 내 감정을 단 한 번도 말하지 못했어. 겁나서."

세라제인은 손을 만지작거릴 뿐 아무 말이 없다.

저스티스가 숨을 깊이 들이마신다. "사실은 말이야, 엄마 가…… 음, 극성 엄마는 아닌데, 어…… 내가 아프리카계 미국 인이 아닌 여자애랑 데이트하는 문제만큼은 달라."

세라제인이 무르춤한다. 그러더니 고개를 갸우뚱하며 묻는 다. "정말?"

"엉. 내가 어렸을 때부터 그러긴 했는데, 요즘 들어 부쩍 심 해졌어. 그때 그……" 저스티스가 말끝을 흐린다.

"총격 사건 이후로 말이지." 세라제인이 말한다.

"응."

세라제인이 한숨을 쉰다.

"근데 이제는 상관없어."

"머?"

"엄마가 어떻게 생각하든, 신경 쓰지 않는다고."

세라제인이 눈썹을 치올리며 팔짱을 낀다. "그러면 나는 부활절 토끼*가 돼야지."

저스티스가 웃음을 터뜨린다. "알겠어, 신경은 쓸 테지만……" 저스티스가 세라제인의 얼굴을 찬찬히 훑어본다. 어떻게 놓아 버릴 생각을 했을까. "엄마 때문에 내가 원하는 일을 포기하지는 않을 거야." 그러고는 싱거운 소리를 한다. "인생은 너무 짧으니까."

세라제인이 아랫입술을 꽉 깨문다. 그러자 저스티스는 안절부절못한다.

"이제 진짜 제대로 말할게. 나 너 좋아해, 세라제인. 엄마 생각과 상관없이, 너는 내게 아주 소중해. 네가 나를 받아 주면, 언젠가 기꺼이 너를 데리고 다닐게."

세라제인이 눈을 가늘게 좁힌다.

---

* 부활절 달걀을 가져다준다는 민담 속 토끼이자 부활절을 상징하는 동물. 원래 독일 루터교회 신자들은 이 토끼가 부활절 주간에 누가 착한 아이인지 나쁜 아이인지 판별하는 역할을 한다고 믿었다.

"데이트 같은 거 말이야."

"알아, 이 멍청아." 세라제인이 눈을 흡뜬다. 그리고 실실거린다. "너 지금 처음으로 세라제인이라고 불렀어."

저스티스가 씩 웃는다.

세라제인이 얼굴을 붉힌다.

"에이, 거짓말 못 하겠네. 너 얼굴 새빨개지게 하는 거 진짜 재밌다."

"시끄러워!" 세라제인이 주먹으로 저스티스를 친다.

그 모습에 저스티스는 웃음이 터지면서도 동시에 키스하고 싶어진다. "그래? 그럼 뭐 하지? 하던 거나 계속할까?"

세라제인이 손으로 얼굴을 가린다. "얼굴 붉힐 소리 좀 그만하라고!"

"싫어."

"진짜 이럴래?" 세라제인이 발칵 성을 내며 손을 내린다. "다 했니?"

"응, 다 했어."

세라제인이 잠깐 동안 눈을 가늘게 뜨고 바라보다가 툭 내뱉는다. "알겠어." 그러고는 또다시 실실거린다.

저스티스가 머리를 절레절레 흔든다. "꼭 그렇게 진땀 빼게 해야겠니, 어?"

"받은 대로 돌려준 것뿐이야."

"내가 졌다."

잠깐 뜸을 들이다가 세라제인이 말한다. "내가 말할 게 있는데 해도 돼?"

"고백할 게 더 있어?"

"시끄러워. 이번엔 장난 아니야."

"알았어……." 이젠 저스티스가 긴장한다.

세라제인이 크게 심호흡을 하고는 천천히 방 안을 둘러본다. "온갖 튜브를 달고 누워 있는 너를 보았을 때가 아마 내 인생에서 가장 힘든 시간이었을 거야, 저스. 생각해 보면 그 모든 시간을 어리석게 보내고도, 하마터면 너를 잃을 뻔했던 거잖아?" 세라제인이 고개를 절레절레 흔든다.

"장례식에서 널 보았을 때 나도 똑같은 생각이 들었어."

침묵이 흐른다.

이윽고 세라제인이 말문을 연다. "저스티스?"

"왜, 세라제인?"

"우리 다시는 그렇게 어리석은 짓 하지 말기로 할까?"

저스티스가 빙긋 웃으며 세라제인의 어깨에 팔을 걸친다. "그거 좋은 생각이다."

5월 21일 저녁 뉴스

앵커: 안녕하십니까. 채널 2 저녁 뉴스입니다.

먼저 이 시간 주요 뉴스부터 전해 드리겠습니다. 수사 당국에 따르면 애틀랜타 경찰국의 전직 경찰관 개릿 타이슨 씨의 자택에서 발생한 화재는 방화라고 합니다.

수사관: 처음부터 방화를 의심한 것은 남편이 구금되어 있는 동안 타이슨 부인이 수많은 협박 전화와 편지를 받았기 때문입니다. 현재까지 확인한 것은 불이 집 바깥에서 시작되었다는 사실입니다.

(장면이 바뀌면서 까맣게 타 버린 주택 영상이 뜬다.)

앵커(음성): 경찰이 사건 당일 밤 인근 지역에서 목격된 십대 청소년 세 명을 체포했습니다. 베벌리 타이슨 부인은 다발성 2도 화상을 입고 중태에 빠졌습니다.

앵커(계속): 십대 청소년 두 명 중 한 명이 사망하고 다른 한 명은 중상을 입은 지난 1월 총격 사건과 관련한 타이슨 씨의 재판은 약 5주 뒤에 열릴 예정입니다.

관련 소식은 후속 보도를 통해 알려 드리겠습니다.

21

브래셀턴 사립 고등학교 졸업식이 끝난 직후, 경찰 두 명이 저스티스 모자 쪽으로 걸어간다. 그러나 저스티스는 별로 놀라지 않는다. KKK 단원 복장을 하고 사진을 찍은 아이를 노출시키지 않으려던 전문가들의 기발한 꼼수에도, '저스티스에게 폭행당했다'는 블레이크의 깜짝쇼는 헛수고로 끝났다. 그 이후부터 저스티스는 어떤 것이든 자신이 누명을 쓰는 건 시간문제일 뿐이라고 생각했던 것이다.

그 예상은 적중했다. 개릿 타이슨의 집 바깥에서 누군가가 불을 질렀다는 뉴스 속보가 나온 지 열두 시간도 지나지 않아, '폭력배 스캔들'을 조장했던 바로 그 방송인들이 '저스티스의 방화 공모 연루설'을 추측 보도하고 있었다. 전혀 관련이 없으면서도, 저스티스가 경찰이든 기자든 성난 폭도든 자신을 쫓아올 사람들을 기다린 지 나흘째였다.

다만 아직 사각모와 가운 차림으로, 졸업식을 마친 친구들과 그 가족들에게 둘러싸여 있을 때 그 일이 일어난 것이 엿갈을 뿐이다.

"저스티스 매캘리스터 맞죠?" 두 사람 중 여성 경찰이 묻는다. 사복 바지와 셔츠를 입은 흑인으로, 경찰 배지는 벨트에 차고 있다.

"그런데요?"

"나는 로절린 더글러스 형사이고, 이쪽은 트로이 경관입니다." 그러면서 경찰복을 입은 백인 남자를 가리킨다. "몇 가지 질문해도 될까요?"

매캘리스터 부인이 앞으로 나서더니 팔짱을 낀다. "내가 엄마 되는 사람이고, 이 아이는 미성년자예요. 무엇을 도와 드리면 될까요, 경관님들?"

"아드님에게 해를 끼치려는 게 아닙니다, 부인." 트로이 경관이 말한다. "그저 몇 가지만 질문……"

"나는 동의 못 합니다."

더글러스 형사가 나선다. "부인, 아드님은 열일곱 살이므로 조지아주 형법에 따르면 성인……"

"내 아들은 범죄자가 아니에요. 그러니까 그 법은 이 아이한테 적용되지 않아요."

형사가 한숨을 쉬며 주위를 둘러본 뒤 한 발짝 다가서서 목소리를 낮춘다. "부인, 오늘은 아드님에게 중요한 날이라는 거 우리도 압니다. 그래서 구경거리를 만들지 않으려고 애쓰는 중이에요. 자진 협조해서 몇 가지 질문에 대답만 해 주면, 앞으로 받게 될 강제 수사를 면할 수도 있습니다."

"내가 맞혀 볼까요? 당신은 좋은 경찰이고, 저기 저 희멀건 작자는 나쁜 경찰이죠?"

"엄마, 그만하세요. 무슨 얘길 하는지 끝까지 들어 봐야 우리도……"

"내 아이가 당신네 같은 사람들에게 얼마나 몹쓸 짓을 당했는지 알기나 해요? 누명을 썼지, '불법적으로' 체포당했지, 가장 친한 친구를 잃었지, '총상'을 입었지……"

형사: 아드님에게 있었던 그간의 사정은 우리도 잘 알고 있습니다, 매캘리스터 부인. 우리 목적은 이 일을 되도록 힘들지 않게 해결하는 겁니다.

저스티스: 무슨 일 때문인가요?

매캘리스터 부인: 너한테 이 사람들과 얘기해도 된다고 허락한 적 없잖니, 저스티스!

저스티스: 엄마, 이분들이 저를 성인으로 대우하고 싶어 하잖아요. 그럼 저도 성인처럼 행동해야죠.

매캘리스터 부인은 아무 말도 하지 않는다.

저스티스가 엄마 옆으로 걸어 나가서 경찰들의 눈을 똑바로 바라본다. "어디까지 말씀하셨죠, 경관님들?"

형사가 고갯짓을 하자 백인 경찰이 경찰수첩을 꺼낸다. "협조해 주셔서 감사합니다, 매캘리스터 씨."

그 말에 저스티스는 하마터면 웃음이 터질 뻔했다.

형사가 묻는다. "5월 20일 밤, 타이슨 부부의 집에 불이 났습니다. 불길이 치솟기 시작한 시각은 밤 11시 45분경이었습니다. 그에 관해 아는 것이 있습니까?"

저스티스가 어깨를 으쓱해 보인다. "뉴스에서 본 것밖에 몰라요."

형사가 눈을 가늘게 좁히자, 저스티스는 혹시 자신이 너무 태연해 보이는 게 아닌가 싶다. 당연히 사실대로 말하고 있지만, 경찰들이 그걸 알 리가 없다.

더글러스 형사가 저스티스의 얼굴을 뜯어본다. 저스티스는 돋보기 아래 놓인 벌레가 된 기분이다. "우리끼리 잠깐 얘기를 해도 되겠습니까?" 형사가 백인 경찰을 가리키며 말한다.

"그럼요."

경찰들이 저만치 걸어가자, 매캘리스터 부인이 아들에게 버럭 화를 낸다. "네가 경관들 앞에서 엄마한테 그렇게 말하면 기특해할 줄 알았니? 내가 처리하도록 맡겼어야지."

"죄송하지만, 이건 엄마가 '처리'할 수 있는 문제가 아닌 것 같아요."

"흠, 네가 그 입만 다물고 있었다면……"

"엄마, 이걸 아셔야죠. 일단 저는 엄마 동의가 필요 없는 나이라고 경관들이 말했잖아요. 그런데도 대답을 거부하면 마치 내가 뭔가 숨기는 것처럼 보이지 않겠어요? 저는 3주만 있으면 열여덟 살이 되고 두 달 반쯤 지나면 대학교 기숙사로 떠나요. 엄마가 언제까지나 저를 보호할 수도 없다고요."

매캘리스터 부인의 입이 떡 벌어지지만, 뭐라고 말하기 전에 경찰들이 돌아온다.

"좋아, 저스티스." 형사가 말한다.(가만, 방금 그냥 '저스티스'라고 부른 거 맞지?) "지금까지 우리가 파악한 상황은 이거야. 청소년 셋이 차량 연료 탱크에서 튜브를 이용해 휘발유를 빼돌리는 장면이 감시 카메라에 찍혔어. 그 장소가 타이슨 씨네 집 근처 월마트 주차장이었고. 우리가 그 세 명을 체포했는데, 그중 두 명······" 트로이 경관이 형사에게 경찰수첩을 건네준다. "······트레이 필리와 브래들리 매더스가 너를 공모자라고 진술했어."

저스티스가 고개를 절레절레한다. 그러면 그렇지, 블랙지하드의 소행이었다. 그런 바보들과 한패가 되려고 했다는 게 믿기지 않는다. "분명히 말씀드릴게요. 저는 그 일과 아무 관련이 없습니다, 형사님."

형사가 고개를 끄덕거린다. "음, 우리가 그 진술을 선뜻 믿지 못하고 망설이는 이유가 있어. 첫째, 그 두 사람은 전에도 무고한 사람들을 얽으려고 한 적이 있어. 둘째, 나머지 한 명은 네 이름을 언급하지 않았다는 거야. 그런 정황을 고려해 볼 때 조금 이상하거든."

"그렇군요……."

"지금부터 단답형 질문을 연속적으로 할 거야. 사실대로, 빨리빨리 대답해야 해."

저스티스가 고개를 끄덕한다.

"개릿 타이슨 씨의 집과 관련된 방화 음모를 알고 있었습니까?"

"아니요."

"지난 두 달 사이에 트레이 필리 또는 브래들리 매더스와 접촉한 사실이 있습니까?"

"예."

매캘리스터 부인의 입이 떡 벌어진다. 저스티스는 엄마가 그 꼭두각시 같은 놈들의 이름을 둘 다 알고 있다고 확신한다. 경찰들은 또다시 눈빛을 주고받는다.

"그 두 사람 중 누구든, 지난 두 달 사이에 몇 번 접촉했습니까?"

"한 번요."

"그 접촉의 성격은 무엇이었나요?"

저스티스가 침을 꿀꺽 삼킨다. "누구를 만나러 갔는데, 그 애들이 거기 있었어요."

"누구를 만나러 갔습니까?"

"방화 사건과 관련 없는 사람이라면, 상관없잖아요?"

매캘리스터 부인이 끼어든다.

형사가 헛기침을 한다. 가슴을 쓸어내린 저스티스는 하마터면 엄마에게 키스할 뻔했다.

더글러스 형사가 질문을 이어 간다. "트레이 필리와 브래들리 매더스 중 누구든 5월 20일에 접촉한 사실이 있습니까?"

"결코 없습니다. 4월 20일 이후에는 그 두 사람 모두 만난 적도, 통화한 적도 없습니다."

트로이 경관의 눈썹이 꿈틀 올라간다. "대답이 아주 구체적이네요."

"그날은 꽤 기념할 만한 날이었거든요."

"그 기념할 만한 것이 무엇이었습니까?" 더글러스 형사가 묻는다.

"이 조사와는 아무 관련이 없는 것이었어요."

저스티스는 이글거리는 눈빛으로 자신을 바라보는 엄마의 시선을 느낀다.

"5월 20일 밤에는 어디에 있었나요?" 형사가 계속 질문한다.

"확실하게 말씀드리는데요, 그 애들이나 화재 현장 얘기라면 근처에도 가지 않았어요."

"그날 알리바이를 입증해 줄 사람이 있습니까?"

"예⋯⋯."

"내가 입증할 수 있어요." 매캘리스터 부인이 끼어든다. "나랑 같이 있었어요."

그냥 넘어갈 수도 있었다. 저스티스는 그래도 된다는 걸 안다. 맞다, 경찰은 의심하겠지만, 증거를 확보하기 위해 철저히 조사하려면 영장이 필요하다는 것도 알고 있다.

그런데 이제 와서 거짓 진술을 한다?

그건 아니다.

"착각하셨나 봐요, 엄마. 저는 그날 엄마와 같이 있지 않았어요. 아빠 묘지에 간 건 21일이잖아요, 20일이 아니고." 이건 사실이다.

"하지만……"

"5월 20일에, 저는 여자 친구 집에 있었어요. 그 친구 부모님의 20주년 결혼기념일이라서 축하 파티를 했거든요."

매캘리스터 부인은 아무 말이 없다.

"그렇군요." 더글러스 형사가 말한다. "혹시 그 여자 친구가 이리 와서 입증해 줄 뜻이 있을까요?"

저스티스가 경찰들 저편에서 작별 인사를 나누고 있는 사람들을 바라본다.

"그럴 거예요." 저스티스가 대답한다. "때마침 여자 친구가 자기 엄마와 함께 이쪽으로 오고 있네요."

매캘리스터 부인은 집으로 돌아가는 내내 한마디도 하지 않는다. 저스티스가 집 앞 주차 공간에 차를 세운다. 엄마가 문을 열고 내리려는 순간, 저스티스가 팔을 뻗어 문을 닫는다.

아예 문을 잠가 버린다.

"오, 이젠 아주 나를 인질로 잡고 있을 셈이냐?"

"저한테 뭔가 하고 싶은 말이 있잖아요?"

"그런 거 없다."

"정말이에요?"

"너한테 할 말이 아무것도 없어, 저스티스."

"음, 저는 엄마한테 할 말이 있……"

"재미있구나. 아까 두 시간 동안 알게 된 사실이 내가 내 아들에 관해 지난 4년 동안 알았던 것보다 훨씬 많은데, 그런 아들이 이제야 하고 싶은 말이 있다니?"

"엄마……"

"어디 말해 봐라……. 네 '여자 친구'라는 그 아이에 관해 이 엄마한테 알려 주려고 생각한 적이 있기는 하니?"

"엄……"

"얼마 전에 만났다는 그 폭력배 떨거지들 얘기를 꺼내고 싶지 않은 마음은 엄마도 '이해'할 수 있어. 한데 그 여자애를 좋아하는 게 사실이라면, 적어도 내게 감추진 말았어야……"

"제가 왜 말을 못 했는지 알잖아요, 엄마!"

매캘리스터 부인이 잠자코 있는다.

"엄마한테 숨긴 것이 잘했다는 말은 아니에요. 그런데 제가 아무리 행복해해도, 엄마는 안 된다는 말만 하리라는 걸 알았어요. 장례식 때 주차장에서 SJ의 아빠가 내민 손을 보고 병이라도 옮을 것처럼 눈살을 찌푸렸잖아요!"

"나는 백인 남자와는 절대 악수 못 한다, 저스티스. 그때 그 백인 남자가 너한테 그런 짓을 한 뒤로는."

"그런다고 뭐가 해결되는데요, 엄마? 프리드먼 씨는 개릿 타이슨과는 완전히 다른 사람이에요."

매캘리스터 부인은 팔짱을 끼고 창 쪽으로 얼굴을 돌려 버린다.

저스티스가 머리를 흔든다. "엄마는 지금껏 어떤 상황에서도 제가 최선을 다하는 사람이 되도록 힘껏 밀어줬잖아요. 내 안에서 그 최선을 끌어내 주는 게 바로 SJ예요, 엄마. 더 나은 사람이 되게 해 준다고요."

"거기 그렇게 뻗대고 앉아서 기껏 한다는 소리가 자신을 속이는 거짓말이냐, 저스티스?."

"거짓말 아니에요!"

"퍽이나 아니겠다. 내가 오래전에 일러 줬잖니. '너를 더 나은 사람이 되게' 할 수 있는 건 오직 한 사람, 너뿐이라고."

저스티스가 운전대를 부르쥔다. "엄마, 그 애가 아니었다면, 저는 이번 마지막 학기도 마치지 못했을 거예요. 지난 열 달 동안, 사람들이 기를 쓰고 저를 허물어뜨리려고 했어요. SJ는 어느 '누구보다' 제가 꿋꿋이 버틸 힘을 주려고 애썼다고요."

"흥!"

"엄마가 믿든 안 믿든, 그 애는 내 안에서 최선의 것을 끌어내 줘요. 개랑 같이 있으면, 모든 것을 다 극복하고 싶은 마음이 생겨요.”

“그건 이해해, 아들. 그렇지만 흑인 중에도 그렇게 해 줄 수 있는 여자애는 많고……”

저스티스가 푹 한숨을 쉰다. 아니다, 엄마는 조금도 이해하지 못한다.

“엄마, SJ는 ‘유대계’예요.” 매니가 자신에게 했던 이 말은, 혹시 먹히지 않을까? “엄마가 백인들을 싫어하는 이유가 많다는 건 알아요. 하지만 유대인들도 큰 시련을 겪어 왔어요.”

“그건 중요하지 않다, 아들. 피부색으로는 유대인을 구분할 수 없어. 네가 ‘도와주려고’ 나섰다가 결국 수갑까지 찼던 그 여자애만 봐도 그렇잖니. 그 애 아버지가 흑인인 거, 맞지? 백인처럼 보이면, 이 세상에서는 백인인 거야.”

“아무리 그래도 이건 그렇게 간단한……”

“간단한 문제야. 네가 받아들이길 거부할 뿐이지. 최고로 좋은 교육을 받게 하려고 그 학교에 보내 놨더니, 쓸데없는 것들이 네 머릿속에 들어앉았어. 아무래도 그때 내가 생각을 잘못한 게 아닌가 모르겠다.”

“그러니까 엄마는 지금, 피부색 때문에 여태껏 이래저래 물어뜯기면서 살아온 제가 피부색이 다르다는 이유로 사랑하는 여자애를 버려야 한다는 거네요?”

매캘리스터 부인이 돌아본다. “사랑? 이놈아, 너 열일곱 살이야. ‘사랑’이 뭔지 아무것도 모를 나이라고.”

"엄마는 열여덟 살 때 아빠랑 결혼했잖……"

"그래서 어떻게 됐는지 내 꼴 좀 봐."

저스티스가 등받이에 기대앉아 머리를 받침대에 대고 눈을 꼭 감는다.

잠시 동안 정적이 흐른다.

얼마 뒤 매캘리스터 부인이 훌쩍거린다.

"어휴, 엄마! 울지 마세……"

"나는 두렵다, 아들. 다른 걸림돌이 없어도 이 세상은 너 같은 아이에게 너무 힘든 곳이야. 그 백인 남자는 널 '죽일' 뻔했다, 저스티스! 대체 그 이유가 뭐였니? 네가 무슨 잘못을 했는데? 자기 마음에 들지 않는 음악을 틀어 놓은 거?"

저스티스는 잠자코 있는다.

말을 할 수가 없다.

"엄마가 얼토당토않은 고집을 부린다고 생각하는 거 알아. 그래도 나는, 나는 말이다. 그것만은 축복해 줄 수 없다. 이제 클 만큼 컸으니 네가 하고 싶은 대로 하겠지. 그건 안다만, 여기 이 엄마 앞에서는 넌, 어린애야."

"제발, 엄……"

"아까 네 입으로 분명히 말했잖니. 그 말마따나 내가 언제까지나 너를 보호해 줄 순 없잖아?"

매캘리스터 부인이 잠금장치를 풀고 차에서 내린다.

22

증인석에 앉아 있는 저스티스의 마음은 간절하다. 차라리 엄마가 여자 친구를 싫어하는 것 말고는 걱정할 게 없던 그때로 돌아가고만 싶다. 렌첸 검사의 신문은 순조롭게 잘 진행되고 있다. 엄마는 물론 닥 선생님, 리버스 부부, 프리드먼 부부까지 방청석에 앉아 자신에게 힘을 주고 있다. 그러나 가장 친한 친구를 살해한 사람이 6미터 앞에서 자신을 노려보고 있는 상황에서 증언하는 일? 그것은 지금껏 해야 했던 그 어떤 것보다 견디기 힘들다.

렌첸 검사의 증인 신문이 끝나 간다. 법정에 있는 사람들은 지금까지 아프리카계 미국인 청소년 두 명이 겪은 비극에 관해 들었다. 대학 진학을 앞둔 두 청소년이 신호등 앞에서, 자신의 요구에 따르지 않았다는 이유로 성난 백인 남자에게 인종을 비하하는 욕설을 듣고 급기야 총을 맞고 쓰러진 이야기를.

저스티스는 눈물이 고인 눈으로 매니 생애의 마지막 몇 분을 자세히 설명한다. 그러다 설핏 이제는 긴장을 풀어도 되겠다는 생각이 스친다. 특히 닥 선생님이 방청석에 앉아 엄지손가락을 척 치켜세우는 모습에 마음이 놓인다.

그런데 그때 피고인 측 변호인이 발언대로 걸어 나간다. 금발에 코끝이 들리고 키가 작은 백인 여성이다. 변호인과 저스티스의 눈이 딱 마주친다.

저스티스가 보기에는 이를 갈고 나온 사람 같다. "매캘리스터 군." 아주 시원시원하면서도 침착하고 절제력 있는 목소리로 변호인이 신문을 시작한다. "증언 첫머리에서, 증인과 이매뉴얼 리버스 군이 '그냥 드라이브하러 갔다'고 했는데, 이 진술은 사실이 아니죠?"

"사실입니다."

"그러나 원래 하려고 했던 일은 아니었죠?"

"질문이 무엇인지 잘 모르겠습니다."

"리버스 군이 1월 26일에 증인을 태우러 기숙사에 갔을 때, 증인은 차에 올라탈 때까지만 해도 '드라이브하러' 갈 줄은 몰랐어요, 그렇죠?"

"예."

"그러니까 다른 계획이 있었다는 얘기군요."

저스티스가 침을 꿀꺽 삼킨다. "예, 있었습니다."

"그 계획이 무엇이었나요?"

"하이킹을 갈 예정이었습니다."

"그런데 하이킹을 가지 '않았어요', 맞나요?"

"예."

"이매뉴얼 리버스 군은 하이킹을 갈 기분이 '전혀' 아니었어요, 맞습니까?"

"어……"

"증인은 선서를 했다는 사실을 명심하기 바랍니다, 매캘리스터 군."

저스티스가 목청을 가다듬는다. "예, 매니는 하이킹을 갈 기분이 아니었습니다."

"이유를 말했나요?"

"말했습니다."

"그날 아침에 전화를 받았습니다, 맞나요?"

"예, 그렇습니다."

"증인은 그 통화 내용이 무엇이었는지 알고 있나요?"

저스티스가 한숨을 쉬며 고개를 떨군다. "압니다."

"미안하지만, 마이크에 대지 않고 말하면 알아듣기가 어렵습니다. 다시 말해 주겠습니까?"

"'안다고' 했습니다."

"'무엇'을 말입니까, 매캘리스터 군?"

"통화 내용이 무엇이었는지 압니다."

"괜찮다면 여기에서 밝혀 주시기 바랍니다."

저스티스가 리버스 씨를 바라본다. 이가 깨졌다고 해도 놀랍지 않을 정도로, 턱을 악물고 있다.

"친구의 아버지에게 걸려 온 전화였습니다."

"답변이 좀 모호하군요. 분명 더 구체적으로 답변할 수 있을 줄로 압니다. 그 '친구'의 아버지가 어떤 말을 했기에, 리버스 군이 그렇게 괴로웠을까요? 하이킹을 갈 기분이 전혀 아니었을 정도로?"

이번엔 저스티스가 이를 악문다. "의견 충돌 얘기였어요."

"누구와 관련된 '의견 충돌'이었죠?"

"매니와 그 친구요."

"흥미롭군요." 변호인이 발언대 위에 올려놓은 서류 더미를 뒤적거린다. "재판장님, 1월 26일에 경찰에 접수된 사건 보고서를 증거 자료로 제출하고자 합니다. 여기에는 이매뉴얼 리버스 군이 1월 21일 월요일에 재러드 크리스텐슨 군을 물리적으로 '폭행했다'는 주장이 담겨 있습니다."

리버스 씨가 변호인에게 눈으로 칼침을 놓고 있다.

"그런 것이 아닙니다." 저스티스가 말한다.

변호인의 눈썹이 불쑥 올라간다. "아, 아닙니까?"

"예."

"사건 보고서의 어떤 부분이 부정확한가요?"

"매니는 재러드를 폭행하지 않았습니다."

"그러니까 증인이 그 자리에서 '의견 충돌'을 목격했다는 건가요?"

저스티스가 또다시 고개를 떨군다. "아니요."

"대답이 들리지 않습니다, 매캘리스……"

"아니라고 했습니다."

"그렇다면 증인은 리버스 군이 크리스텐슨 군을 폭행하지 않았다고 확실하게 말할 수는 없겠군요."

"매니는 그런 부류가 아니었어요."

"그런 부류라면?"

"정당한 이유 없이 사람을 '폭행하는' 부류요."

"그러니까 증인의 주장은 도발이 있었다는 얘기군요."

"예, 있었습니다."

"그렇게 확신하는 이유가 무엇인가요?"

"매니가 말해 줬기 때……"

저스티스는 세라제인이 눈을 꼭 감는 것을 보고서야 실수했음을 깨닫는다.

"제 말은……"

"그러니까 리버스 군이, 실제로, 자신이 재러드 크리스텐슨 군을 폭행했다는 사실을 증인에게 '알려' 줬군요?"

저스티스가 잠자코 있는다.

"매캘리스터 군?"

저스티스가 변호인을 빤히 바라보기만 한다.

"재판장님?"

"답변하세요, 매캘리스터 군." 판사가 나선다.

저스티스가 목청을 가다듬는다. "예. 재러드가 부적절한 농담을 해서, 자신이 쳤다는 말을 매니에게 들었습니다."

"누가 누구를 쳤습니까?"

"매니가 재러드를 쳤습니다."

"흠." 변호인이 고개를 끄덕거린다. "꽤 익숙한 상황처럼 들리네요. 안 그런가요, 매캘리스터 군?"

"이의 있습니다. 질문이 모호합니다." 렌첸 검사가 말한다.

"인정합니다." 판사가 말한다.

"이렇게 바꿔 질문하겠습니다. 증인은 1월 18일 밤에 비슷한 말다툼을 벌였어요, 맞습니까?"

"좀 더 구체적으로 질문해 주셨으면 합니다." 저스티스가 말한다.

변호인이 서슴없이 곧바로 말한다. "본 변호인은 지금 블레이크 벤슨 군의 진술서를 갖고 있습니다. 증인이 1월 18일 밤에 벤슨 군의 집에서, 정당한 이유 없이, 자신 '및' 재러드 크리스텐슨 군을 폭행했다고 주장하는 내용입니다."

세라제인이 입술을 깨문다.

"이 혐의를 부인합니까, 매캘리스터 군?"

"정당한 이유가 없지 않았습니다."

"블레이크 벤슨 군의 생일 파티 때, 증인이 벤슨 군을 폭행하지 '않았다'는 말입니까?"

"아니요……"

"그러니까 증인이 '정말로' 블레이크 벤슨 군과 재러드 크리스텐슨 군을 폭행했군요."

"음, 예. 하지만 도발을 받았습니다."

변호인은 사실상 미소를 짓고 있다. "증인은 이매뉴얼 리버스 군과 함께 블레이크 벤슨 군의 집에 도착했습니다. 그리고 10분도 안 되어 벤슨 군에게 시비를 걸었어요, 맞습니까?"

"시비를 건 것은 제가 아니었어요. 벤슨이 걸었죠."

변호인이 발언대를 내려다본다. "이 진술서에는 자기가 관심 있는 여학생을 만날 수 있도록, 벤슨 군이 증인과 리버스 군에게 도와 달라는 부탁을 했다고 쓰여 있습니다. 이것이 사실인가요?"

"아니요."

"아, 아닙니까?"

"걔는 그 여학생에게 '관심'이 있었던 게 아니었습니다. 그저 침대로 데려가고 싶었을 뿐입니다."

"벤슨 군이 정확히 그렇게 말했나요?"

"아니요…… 그러나 그런 암시를 했습니다."

"그렇군요. 그럼 그 여학생은 증인의 친구였나요? 그래서 지켜 주려고 했던 것입니까?"

"저는 모르는 여학생이었습니다. 그러나……"

"그렇다면 질투를 했군요."

"뭐라고요? 아닙니다!"

"이유가 '무엇이었든' 간에, 증인은 블레이크 벤슨 군이 그 여학생을 침대로 데려가는 것이 마음에 들지 않았어요. 그래서 벤슨 군을 폭행했나요?"

"그렇게 된 것이 아닙니다."

"아, 그렇네요. 재러드 크리스텐슨 군이 다가와, 자신의 생일 파티에서 증인에게 위협당하고 있는 블레이크 벤슨 군을 두둔했고, 그래서 증인이 그 두 사람을 폭행했군요."

"그런 것이 아니었습니다!"

"평정을 유지하세요, 매캘리스터 군." 판사가 주의를 준다.

저스티스가 심호흡을 하면서 바라보자, 세라제인이 고개를 끄덕여 보인다.

"말해 보세요." 변호인이 신문을 이어 간다. "증인이 재러드 크리스텐슨 군과 블레이크 벤슨 군을 폭행한 다음에 이매뉴얼 리버스 군이 증인을 몰아세웠어요, 맞죠? 증인에게 정당한 이유 없이 폭행당한 피해자를 편들어서……"

"저는 그들을 폭행하지 않았다고 이미 답변했습니다."

"음, 증인은 분명 벤슨 군의 생일을 '축하할' 마음이 없었어요, 그렇죠?"

"몇 마디 주고받다가 말다툼으로 번진 겁니다."

"좀 더 구체적으로 말해 줄 수 있나요, 매캘리스터 군?"

저스티스가 개릿 타이슨을 바라본다. "그날 이후로 많은 일이 있었어요. 분명하게 기억나지 않아서 답변을 못 하겠습니다.”

“흠…… 잘 기억하지 못하는 건 최근에 많은 일이 생겼기 때문인가요, 아니면 '불법 음주'*를 했기 때문인가요?”

“이의 있습니다, 재판장님!” 렌첸 검사가 말한다.

“기각합니다.”

“1월 18일 밤에 술을 마셨나요, 매캘리스터 군?” 변호인이 추궁한다.

저스티스가 한숨을 쉰다. “예, 마셨습니다.”

“재러드 크리스텐슨 군 '및' 블레이크 벤슨 군을 폭행한 것도, 맞습니까?”

“그들이 인종 차별 발언을 해서……”

“간단하게 예, 아니요로 대답하세요.”

저스티스는 엄마의 시선을 느낀다. “예.”

피고인 측 변호인이 고개를 끄덕인다. “매캘리스터 군, 이로써 증인과 리버스 군이 언어적 비방을 인지했을 때 폭력적으로 대응한 전력은 규명되었습니다. 그럼 다시 올해 1월 26일로 돌아가 보죠. 증인은 애틀랜타시 조례 규정을 얼마나 알고 있습니까?”

“잘 모릅니다.”

“재판장님, 이 자료를 증인이 낭독한 후 증거로 제출하고자

• 　미국은 21세 미만인 사람의 주류 구입 및 음주를 법으로 금지하고 있다.

합니다." 변호인이 서류 더미에서 종이 한 장을 꺼내 증인석으로 걸어간다. "매캘리스터 군, 제4조 제74-133항을 읽어 주세요. 법정에 계신 분들이 다 들을 수 있도록 큰 소리로 읽어 주시기 바랍니다. 증인이 읽을 곳을 미리 표시해 두었어요."

저스티스가 방청객들을 살펴본다. 엄마와 프리드먼 부인은 둘 다 방청석 가로대를 뛰어넘어 개릿 타이슨의 변호인을 후려칠 태세다.

저스티스가 자료를 읽는다. "특정 수준 이상이 되면, 소음 또는 소음 공해는 시민의 건강과 안녕을 해치고 평온과 고요를 누릴 개인의 권리를 침해한다. 이에 본 시의 도시 정책을 공표함으로써 모든 음원으로 인한 소음 공해를 금지한다."

"증인이 시끄러운 음악을 들은 행위가 이 조례를 위반했다고 생각합니까, 매캘리스터 군?"

"그것과 변호사님 의뢰인이 저와 제 친구를 '총격'한 것이 무슨 관련이 있습니까?"

"재판장님, 질문은 제가 하는 것이라는 사실을 증인에게 일깨워 주시기 바랍니다."

이제는 닥도 빡친 표정이다.

"말조심하세요, 매캘리스터 군." 판사가 주의를 준다.

"내 의뢰인은 법을 집행하는 공무원입니다, 매캘리스터 군. 음악 소리를 줄이는 것을 거부함으로써, 증인은 경찰의 명령에 정면으로 대항했어요."

"저희는 그 사람이 경찰관인 줄 몰랐습니다. 저희에게 경찰 배지를 제시하지 않았⋯⋯"

"이 조례에는 또한 소음 공해는 평온과 고요를 누릴 타인의 권리를 침해한다고 명시되어 있습니다. 그런데 아니나 다를까, 증인과 증인의 친구는 본인들을 제외한 '다른' 사람들의 권리 따위에는 아랑곳없었어요, 그렇죠?"

저스티스는 대답하지 않는다.

"매캘리스터 군, 음악 소리를 줄여 달라는 말을 듣고도 증인의 친구 이매뉴얼 리버스 군은 도리어 소리를 키웠죠?"

"예."

"두 사람이 듣던 음악에 이런 가사가 들어 있었죠? 이제 즐길 시간이야⋯⋯ 총소리를 기다려."

"예, 하지만 그건 문맥을 무시한⋯⋯"

"증인이라면 협박으로 인지했을 법한 욕설과 외설적인 손짓을, 리버스 군이 제 의뢰인에게 했지요?"

"변호사님의 의뢰인이 무슨 생각을 했는지 제가 어떻게 알겠습니까. 저는 그 사람이 아닙니다."

"제 의뢰인이 자신의 파트너가 증인과 외형이 비슷한 청소년에게 사살되는 것을 목격했다는 사실을 알고 있습니까?"

"그건 저와 상관이 없는 일입⋯⋯"

"아, 그건 아니죠. 증인이 지난 3월에 그 청소년을 만났으니까요, 아닌가요?"

저스티스가 한숨을 쉰다. 리버스 박사가 눈을 꼭 감고 고개를 절레절레 흔든다.

"예, 만났습니다. 그러나……"

"그리고 그 청소년, 이름이 콴 뱅크스인 것으로 알고 있습니다만, 그가 증인을 갖가지 범죄 전력이 있고 소문난 조직 폭력 단체에 속한 청소년 무리와 연결해 주었어요, 그렇죠?"

"예, 그렇지만……"

"그리고 증인은 그 청소년 무리가 제 의뢰인의 집에 방화하기 직전에 그들을 만났습니다, 맞습니까?"

"예, 그런데 저는 그 일과 아무런 관련이 없습……"

"이상입니다, 재판장님."

개릿 타이슨, 그는 살인자인가?

배심원은 아직도 결정 중

에리얼 트레제티

어제 아침, 조지아주 배심원단은 개릿 타이슨에게 기소 네 건 중 세 건에 대하여 유죄 평결을 내렸다. 타이슨은 지난 1월 음악 소리를 둘러싸고 언쟁하던 도중 십대 청소년 두 명에게 총격을 가한 혐의로 기소된 전직 애틀랜타 경찰관이다.

27시간의 심의 끝에, 개릿 타이슨에게 경범죄 두 건—풍기 문란 행위와 공공 도로 인근에서 총기를 발포한 행위—과, 중범죄 두 건 중 훨씬 처벌이 가벼운 가중 폭행 행위에 대하여 유죄를 선고했다. 배심원단은 중범죄 살인 혐의에 대해서는 합의에 이르지 못했으며, 그에 따라 판사는 해당 범죄 혐의에 대해 미결정 심리를 선언했다.

개릿 타이슨은 생명의 위협을 느꼈다고 증언했으며, 그 근거로 본인이 실질적 위협을 탐지하는 능력을 체득하는 데 보탬이 된 27년의 경찰 경력을 들었다. 그 십대 청소년들이 총기를 갖고 있었다는 타이슨의 주장은 증거 불충분으로 기각되었다. 그러나 살아남은 저스티스 매캘리스터는 소문난 폭력 조직의 조직원들과 관련이 있는 것으로 드러났다. 지난 8월 타이슨 씨 파트너의 살해 혐의로 기소된 16세 청소년 콴 뱅크스도 그 조직원이어서 재판 절차에 짙은 먹구름을 드리우고 있다.

타이슨 씨는 추후 살인죄 기소 건에 대해서는 재심을, 나머지 세 건에 대해서는 유죄 선고를 받을 예정이다.

23

이틀이 지났다.

의견 불일치, 미결정 심리, 추후. 이 세 마디가 여전히 저스티스의 머릿속에서 쿵쿵거리고 있다.

평결 발표를 듣고 법정에서 돌아온 다음부터, 저스티스와 세라제인은 거의 논스톱으로 내셔널 지오그래픽 방송을 보는 중이다. 그러나 저스티스는 눈을 깜박일 때마다, 배심원석 뒷줄 오른쪽에서 세 번째 자리에 앉아 있던 배심원이 눈앞에 떠오른다. 자신에게, 너는 살인죄로 재판받아야 한다고 말하는 듯하던 그 눈빛이.

불일치 배심*.

---

* 배심원단의 의견 불일치로 평결을 내리지 못하는 대배심. 이때는 판사가 최종적으로 미결정 심리를 선언하고 그에 따라 재판을 다시 하는 경우가 많다.

평결 불발.

선고 불발.

다시 재판.

세라제인이 한숨을 내쉰다. 저스티스의 마음이 읽히는 모양이다. 소파에서 저스티스의 무릎을 베고 다리를 쭉 뻗은 채로 누워 제왕나비의 이동을 다룬 다큐멘터리를 보는 중이다. 그러나 저스티스의 생각에는 눈만 화면에 두고 있는 게 아닐까 싶다. 세라제인 프리드먼이 세상에서 가장 큰 좌절감을 느끼는 것이 '오심'(誤審)이니까.

모든 일정이 완전히 꼬여 버렸다. 2주 뒤 저스티스는 자기 차를 몰고 이 근사한 여자 친구와 함께 동부 해안을 신나게 달릴 예정이었다. 먼저 예일 대학교에 가서 저스티스가 묵을 기숙사 방을 정리할 셈이었다.(엄마도 함께 가고 싶어 했지만, 직장을 빠질 수 없는 처지여서 단둘이 갈 터였다.) 그다음에는 뉴헤이븐에서 기차를 타고 뉴욕으로 가서, 프리드먼 부부를 만나 SJ가 지낼 컬럼비아 대학교 기숙사에 들를 계획이었다.

두 사람은 예정대로 계속 나아가야 한다. 인생의 새로운 단계를 시작해야 한다. 절대로 뒤돌아보지 말아야 한다.

그러나 6개월이 흐른 어느 때, 저스티스는 이곳에 들를 수밖에 없을 터이다. 자신이 총상을 당했고 매니를 잃었던 그날 오후를 되새겨 볼 터이다.

그리고 또.

"무슨 생각해?" 세라제인이 묻는다.

저스티스는 얼마든지 말해 줄 수 있다. 그런데 다크서클이 생긴 걸 보니, 세라제인이 얼마나 심란한지 알겠다. "그냥 내 인생에서 최고는 너라는 생각."

"뭐야, 너. 로맨틱코미디 너무 많이 보는 거 아냐? 웩웩."

저스티스는 웃음을 터뜨리고, 세라제인은 미소 짓는다. 잠깐 동안 시름을 잊는다.

당연히 그 시간이 오래가지는 않는다.

"저스, 모든 게 끔찍한 것 같아. 왜 우리는 저 제왕나비들처럼 다 함께 잘 지내지 못할까?"

저스티스가 세라제인의 머리카락을 귀 뒤로 넘긴다. 그러고는 애써 방송에 집중한다. 제왕나비들이 멕시코의 어느 숲속 나무들을 겹겹이 뒤덮고 있다. 저스티스는 세라제인의 정서를 인정하면서도, 한편으로는 '그런' 제왕나비들은 모두 똑같이 생겼다는 사실을 세라제인이 알아챘을까 하는 의문이 든다.

저스티스의 휴대폰이 울린다. 렌첸 검사 전화다.

저스티스가 수신 거절 버튼을 누른다. 검사와 통화하지 않고 지내는 시간이 길수록, 좋겠어서.

저스티스는 지금 다른 것은 안중에 없다. 법정 바깥에서 작별 인사를 나눌 때 너무나 지쳐 보이던 줄리언 아저씨 생각뿐이다. 불일치 배심이라니. 둘도 없던 친구의 죽음을 경시했다는 증오심이 워낙 큰 탓에, 이제야 겨우 자기 못지않게 상심이 클

게 분명한 매니의 부모님에게 생각이 미친 것이다.

음성 메시지 알림음이 울린다.

뒤이어 화면에 문자 메시지가 뜬다. '저스티스, 되도록 빨리 전화해.'

저스티스는 문자를 지운다.

휴대폰이 또 울린다.

"누구 전환데?" 세라제인이 묻는다.

"렌첸 검사." 저스티스는 또다시 수신 거절 버튼을 누른다.

"어휴. 네 전화번호를 아예 바꿔 버릴까?"

그때 프리드먼 부인이 휴대폰을 귀에 댄 채로 부엌에서 나온다.

"저스티스, 렌첸 검사님이 계속 너와 통화하려고…… 뭐라고요?" 프리드먼 부인이 휴대폰에 대고 소리친다. 눈이 휘둥그레진다. "믿기지가 않네요, 검사님."

좋은 소식일 리 없다.

세라제인이 일어나 앉는다. "엄마? 무슨 일이에요?"

프리드먼 부인이 검지를 들어 보이고는 계속 통화한다. "으흠…… 아이고…… 그건…… 그럼 가해자들이? …… 어떻게 그런 일이……."

저스티스는 숨을 쉴 수가 없다. 머리를 소파 등받이에 대고 눈을 꼭 감는다.

"엄마, 다른 방에 가서 통화하면 안 돼요?" 세라제인이 저스티스의 무릎에 손을 얹으며 말한다. "엄마 때문에 저스티스가 심장마비를 일으키게 생겼다고요!"

"검사님, 제가 나중에 전화할게요. 애들하고 얘기 좀 해야 할 것 같아요…… 네…… 비밀 엄수, 알겠어요."

여기서 더 나빠질 일이 있을까, 과연?

부인이 전화를 끊는다.

"엄마?"

"재심은 없을 거래."

저스티스가 솟구치듯 일어서자, 세라제인이 저스티스의 손을 부르쥔다. "왜요?"

부인이 손에 들고 있던 휴대폰을 바라본다. 그러고 나서 두 아이에게 시선을 옮긴다.

"개릿 타이슨이 죽었대."

8월 9일 아침 뉴스

안녕하세요. 폭스 4 〈아침을 깨우는 애틀랜타〉 시간입니다.

주요 뉴스부터 전해 드리겠습니다. 미결정 심리가 선언된 지 불과 48시간 만에, 애틀랜타 경찰국 소속 경찰관이었던 개릿 타이슨이 클라크 카운티 교도소 내 자신의 감방에서 시신으로 발견되었습니다.

현재 수사 중이라 자세한 사항은 아직 발표되지 않았습니다만, 세 사람이 사건에 가담했으며, 그중 두 사람은 이미 살인죄로 기소되어 재판을 기다리고 있는 수감자라고 합니다.

개릿 타이슨 측 변호인이 경찰 진술에서 주장한 바에 따르면, 사건이 발생하기 전 자신의 의뢰인에게 전화를 받았다고 합니다. 협박을 당하고 있으니 독방으로 옮겨 달라고 호소했는데도 교도관들에게 거부당한 사실을 알려 왔다는 것입니다.

한편 해당 카운티 보안관청은 내부 행정 감사를 진행하고 있습니다.

관련 소식은 후속 보도를 통해 계속 알려 드리겠습니다.

8월 25일

마틴에게

음, 드디어 왔어요.

명성이 자자한 예일 대학교에.

사실 지금 이 편지는 SJ가 제 책상 위 벽에 걸어 둔 마틴의 사진 밑에서 쓰고 있어요. 닥 선생님이 그 사진을 환송 선물로 줬거든요.

솔직히 말할게요. 마틴 사진을 보면 마음이 조금 불편해요.

사실은, 아니에요. 방금 한 말 취소예요. 그건 마틴의 사진 때문이 아니에요. 이 학교에 있기 때문이에요.

마틴에게 마지막 편지를 쓴 이후로 많은 일이 있었어요. 그중 대부분은 시간이 없어서 제대로 정리도 못 했어요. 이 실험을 시작한 것이 지난해 이맘때라니, 믿기 힘드네요.

그동안 썼던 편지를 죽 읽어 보다가 유독 마음에 걸리는 대목이, 내가 무엇을 이루려고 애썼는지 잘 모르겠다는 것이었어요. 예, 저는 '마틴을 닮고' 싶었어요. 그런데 그 목적이? 불의라는 거대한 산을 옮겨 보겠다는 것도, 수많은 사람들의 평등권을 쟁취하기 위해 싸우겠다는 것도 아니었고…….

그렇다면 제가 이루려고 애쓴 목적이 정확히 무엇이었을까요? 며칠 동안 곰곰 생각해 봤는데 아직 답을 못 찾았어요.

한편으로는 마틴에게 감사해야 할 것 같아요. 저 1850년대에도 예일대에 흑인 학생들이 있었다지만, 닥 선생님 말마따나 "현 상황에 맞서"기 위해 마틴이 했던 그 모든 일이 없었다면, 제가 이 학교에 올 수 있었을까 싶거든요.

그런데도 다른 한편으로는, 여기는 제 자리가 아닌 것 같아 미치겠어요. 제가 쓰는 기숙사 숙소는 거실 하나에 방 두 개짜리 4인실이에요. 그런데요, 제가 정리를 하고 있을 때 룸메이트가 방에 들어왔는데 말예요. 랠프 로런 폴로셔츠 광고 속에서 고대로 쏙 빠져나온 듯한 차림새였어요. 2대 8 가르마로 빗어 넘긴 금발에 푸른 눈동자하며, 눈이 부시도록 하얀 폴로셔츠 자락을 체크 반바지 속에 넣어 입은 것하며, 술 장식이 달린 로퍼를 신은 것까지 영락없이 광고 속 그 백인 남자 같았어요. 룸메이트가 마틴의 사진을 잠깐 바라보더니, 우리 동네 녀석들이라면 주먹부터 날렸을 법한 눈초리로 저를 위아래로 훑어보고는 손을 내밀면서 "루스벨트 캐러더스야." 하더라고요.

여기까지는 괜찮았어요, 마틴. 겉모습만 보고 판단하지 않으려고 애

썼지만, 거만한 자세로 저를 바라보는 룸메이트와 서 있자니 차라리 재러드와 한방을 쓰게 해 달라고 빌고 싶은 심정이었어요.(아 참, 재러드도 이 학교에 입학했어요.) 그때까지만 해도 저는 제가 이런 부류를 상대하는 법을 알 만큼 안다고 생각했거든요?

그런데 이 루스벨트는요?

"너는 어디 출신…… 가만, 이름이 저스'타이스'(Just-ICE)야? 끝음절이 '프라이스'(price)와 같은?"

마틴…….

"저스티스(Justice)와 같아. 'i' 대신 'y'로 쓸 뿐이야. 애틀랜타 출신이고."

거기서부터는 제가 애먹을 게 없었어요. 루스벨트가 자신이 아는 것을 토대로 미루어 짐작했으니까요. 제 이름과 얼굴이 일주일 전쯤에 뉴스를 도배했거든요. 얼마 후에 욕실에서 나온 SJ를 여자 친구라고 소개했는데, 루스벨트의 태도가 적대적으로 돌변했어요. 저만 그렇게 생각한 게 아니었던 모양이에요. 루스벨트가 쌩하게 나가 버리니까 SJ가 "쟤도대체 뭐야?"라고 말한 걸 보면요.

마틴, 저는 그냥…… 이런 일은 끝없이 생기겠죠, 그렇죠? 제가 무슨 일을 하든, 앞으로 평생 동안 이런 곤경을 겪겠죠? 줄리언 아저씨가 매니와 저에게 일러 준 말이 딱 맞았어요. 그런데도 마음 한편으로는 여전히 믿고 싶지 않아요.

그래, 좋아, 의심은 일단 접어 두고 믿어 보자 싶은 거예요. 어쩌면 그렇지 않은 것까지 제가 인종 문제로 여길지도 모르니까요. 지난 8개월 동안 제 마음속 필터가 조금 오염되었다는 걸 인정하고…… 이제는 싹싹 지워 버리려고요. 지난 1년 동안 겪은 것들까지도.

그런데 문제는요, 누구든 저를 열등한 사람처럼 바라볼 때는 신경을 안 쓰려야 안 쓸 수가 '없다'는 거예요. 지금 이 시점에서 그런 일을 겪으면 자동적으로 인종 문제를 생각하게 돼요.

그럴 땐 어떻게 해야 좋을지 도무지 모르겠어요.

이 얘길 하다 보니 처음 하던 얘기로 돌아가게 되네요. 마틴 닮기 실험을 통해 제가 이루려고 했던 것은 무엇이었을까요? 더 많이 존중받는 것이었을까요?(실패.) '더욱 인정받을 만한' 사람이 되는 것이었을까요?(실패.) 그 실험이 제가 말썽 부리지 않도록 붙잡아 줄 거라고 생각했던 걸까요?(폭망.) 정말이지, 목적이 무엇이었을까요?

제가 확실히 아는 건, 동기 동창생 82명 중 흑인 학생이 셋이던 곳에서 흑인 학생 비율이…… 음, 아주, 아주 훨씬 더 적은 곳으로 왔다는 사실뿐이에요. 예, 개릿 타이슨은 저세상으로 갔지만, 줄리언 아저씨 말마따나, 이 세상에는 저를 언제나 열등한 존재로 치부하는 사람들이 가득해요. 룸메이트인 루스벨트는 그저 그것을 증명해 주었을 뿐이에요.

'폭력배 스캔들'이 났을 때, 닥 선생님이 해 주었던 말이 자꾸 떠올라요. 세상이 아무것도 바뀌지 않는다면, 과연 저는 어떤 부류의 인간이될까요? 지난 며칠 동안 이 말을 곱씹다가, 제가 실험에 실패한 건 어쩌면 질문이 엉뚱하기 짝이 없었기 때문일지도 모른다는 생각이 들기 시작했어요.

난관에 부딪칠 때마다, '마틴이라면 어떻게 했을까?'라고 자문해 보았지만 끝내 대답다운 대답을 얻지 못했어요. 그런데 딱 선생님의 조언대로, '**마틴은 어떤 사람이었을까?**'로 질문을 바꾸면, 답이 쉽게 나와요. 마틴은 마틴 자신이 되었을 테죠. 그 걸출한 마틴 루서 킹 목사님, 비폭력으로 맞섰고 쉽게 낙담하지도 않았으며 신념이 굳건했던 킹 목사님 말이에요.

어쩌면 그것이 제 문제일지 몰라요. 저는 제가 누구인지, 제가 믿는 것이 무엇인지 아직도 제대로 헤아려 본 적이 없거든요.

마틴이 《애틀랜타 컨스티튜션》 편집장에게 보낸 편지를 발견했는데, 그 편지에 이런 대목이 있더라고요. "우리는 (흑인으로서) 미국 시민이 누리는 기본권과 기회를 원하며 그것을 요구할 자격이 있습니다……." 그때가 1946년이었으니까, 마틴이 열일곱 살 때 저 편지를 썼다는 얘기잖아요. 제가 처음으로 그와 똑같은 생각을 했던 것도 바로 열일곱 살 때였어요.

마틴이 열일곱 살 때도 세상 사람들에게 널리 알려진 그 마틴 같았는지는 알 수 없지만(설마 아니겠죠, 그렇죠?) 저 편지를 썼을 때의 마틴과 지금의 제가 같은 나이라는 사실을 알게 된 것만으로도 희망이 생겨요. 어쩌면 저도 언젠가는 문제를 해결할 수 있는 사람이 될 수 있다는 희망이요.

적어도 제가 그런 사람이 되면 좋겠어요. 그러지 않으면 여기에서 힘든 4년을 보내야 할 테니까요. 헐, 평생 힘들겠네요.

어쨌든, 이제 뛰어가야 해요. SJ와 함께 기차를 타야 하거든요.

모든 것이 다 고맙습니다.

다시 만날 때를 기약하며

저스티스 드림

4개월 후

저스티스가 향해 가는 매니의 묘지 앞에 이미 다른 사람이 서 있다. 마음 한편으로는 차로 돌아가서 그 사람이 떠날 때까지 기다리고 싶다. 그러나 그것은 매니가 원하지 않으리라는 걸 안다.

"그동안 잘 지냈냐?" 저스티스가 다가서면서 인사한다.

이매뉴얼 줄리언 리버스
사랑하는 아들
"지금은 너희가 근심하나 내가 다시 너희를 보리니
너희 마음이 기쁠 것이요"•

• 요한복음 16장 22절에서 일부를 인용한 구절.

재러드가 저스티스를 바라보더니 다시 묘비 쪽으로 얼굴을 돌린다. 눈을 닦는다. "잘 지내지?"

"방해해서 미안하다." 저스티스가 말한다.

"무슨 소리야, 여기서 같이 있을 사람이 있으니까 고마운데. 그나저나, 크리스마스 잘 보내라."

"너도."

재러드가 입김을 내뿜는다. 뿌예진 공기가 재러드의 얼굴을 가린다. "있지, 나 아직도 그 녀석이 너무너무 보고 싶어." 갈라진 목소리다. "1년이 다 되어 가는데 아직도 마냥…… 미안하다. 이런 소리 듣기 싫을 텐데."

"아니야, 괜찮아." 이제 저스티스의 눈에도 물기가 어린다. "네 맘 이해해, 진심으로."

"너 그거 알아? 이 녀석이 학교로 날 찾아오는 일도, 내 결혼식에서 들러리를 서는 일도 절대 없을 것이라는 거." 재러드가 고개를 절레절레 흔든다. "내가 기숙사 방에 처음 들어갔을 때, 룸메이트는 벌써 짐 정리를 마쳤더라. 그런데 나를 보더니 대뜸 '왔냐, 친구? 내 이름은 아미르 차르파티(Amir Tsarfati)야. 그냥 A.T.라고 불러라.' 하더라고."

재러드가 흉내 내는 모습에 저스티스가 웃음을 터뜨린다. A.T.는 지난 학기에 저스티스의 화학 실험 파트너였다.

"아무튼, 걔가 즐겨 듣는 음악이 있는데 말이야. 농담이 아니고 진짜로, 걔 플레이리스트에 듀스 디그스 곡부터 캐리 언더우드 노래까지 다 있어."

"그게 정말이야?"

"그렇다니까. '매니라면 이 친구를 참 좋아했겠구나.' 이런 생각이 들더라." 재러드가 또다시 한숨을 내쉰다. "그냥 힘들어. 내가 어렸을 때 할머니가 돌아가셨는데, 그때 엄마가 '할머니는 자신을 사랑했던 모든 사람들 마음속에 살아 계셔.' 하셨거든. 아마 황당한 얘기로 들리겠지만, 매니가 그랬으면 정말 좋겠어. 그래서 집에 올 때마다 여기 들르는 거야. 나한테 친구다운 친구는 이 녀석이 처음이었거든. 별별 거 다 하면서 같이 늙어 갈 줄 알았어."

저스티스는 잠자코 듣기만 한다. 딱히 할 말이 없다.

잠깐 동안 두 사람은 침묵에 잠긴 채 서 있다. 이윽고 재러드가 말문을 연다. "너 보니까 좋다."

"나도 그래." 이건 저스티스의 진심이다.

"이상하게 우리는 학교에서 별로 마주친 적도 없네?"

저스티스가 어깨를 으쓱한다. "학교가 워낙 크잖아."

"그렇긴 하지. 매로니 교수님 과목은 어떻게, 시험 잘 본 것 같아?"

"괜찮게 봤어. 아무리 못해도 A 마이너스는 나올걸?"

"어렵할까." 재러드가 저스티스를 바라보면서 씩 웃는다.

재러드의 반응에 저스티스가 미소를 짓는다. 아주 설핏.

"저기……" 저스티스가 목청을 가다듬는다. "전공은 아직

안 정했지?"

"정했어. 민권법을 전공하기로 결심했어. 경영학 대신……"

"네가 민권법을?"

"응. 아버지에게 말씀드렸더니 똥줄 타는 표정이더라. '아프리카계 미국인 연구 입문' 강의를 들었는데, 홀딱 빠져 버렸어. 그래서 아예 부전공으로 택할까 생각 중이야."

"헐. 너 좀 쩌는데? 그러니까 예일대 생활이 대체로 마음에 든다는 소리지?"

"아주 좋아. 너는 어때? 지금까지 즐겁게 지냈어?"

"대체로. 룸메이크가 좀 재수 없긴 한데, 별 뾰족한 수가 없을 것 같아."

"캐러더스, 맞지?"

"응, 걔야."

재러드가 고개를 끄덕인다. "나랑 미적분학 강의를 같이 들었던 애야. 나도 몇몇 소문은 들었어. 그래도 같은 숙소를 쓰는 다른 친구들은 괜찮지?"

"응, 걔들은 참 좋아. 아마 그 바보 녀석들이 없었다면 지금까지 못 버텼을 거야."

재러드가 웃음을 터뜨린다. "그거 참 감동적이네. 내 숙소 친구들도 괜찮아."

"다행이네."

"SJ는 잘 지내고?"

저스티스의 얼굴에 저절로 미소가 번진다. "아주 잘 지내지. 뉴욕에 푹 빠져서."

"너희 둘 사이는 여전히 끈끈하고?"

"그럼그럼. 언젠가 내 아이들을 낳을 거라고."

재러드가 아까보다 훨씬 크게 웃는다. "멋지다."

"이건 SJ한테 말하면 안 된다, 너. 그랬다간 귀에 딱지가 앉도록 잔소리 들을 테니까."

"입 딱 봉할게."

"그나저나 넌 아직 애인 없는 거야?"

"응, 없어. 이 아이비리그 바다에 물고기가 얼마나 많은데. 스스로 구속될 순 없지."

저스티스가 코웃음을 친다. "너 말하는 게 꼭 매니 같다?"

"후유, 그럼 좋게? 그 녀석은 여자들의 인기를 한 몸에 받았는데."

"그건 그랬지."

두 사람은 편안한 침묵에 잠겨 물끄러미 묘비를 바라본다. 두 사람 쪽으로 시원한 바람이 불어온다. 그 바람을 맞는 저스티스의 기분은 시곗줄 안쪽에 새겨진 EJR이라는 글자가 한때 퉁퉁 부었던 손목의 살가죽을 꼭꼭 눌러 주는 느낌을 받을 때와 비슷하다.

"우리 언제 한번 봐야지." 저스티스가 말한다. "주말이든 언제든 날 잡아서 뉴욕에 같이 가도 좋고."

잠시 뜸을 들이던 재러드가 "그거 참 좋은 생각이다, 저스티스."라고 대답한다. 그러고는 저스티스를 돌아다보며 미소 짓는다.

저스티스가 매니의 묘비명을 소리 내어 읽는다. 내가 다시 너희를 보리니 너희 마음이 기쁠 것이요. "나도 기뻐, 재러드." 저스티스가 말한다. "나도."

감사의 말

두말할 것도 없이 이 집필 작업에 많은 시간과 노력과 에너지를 쏟아부었습니다. 제가 그럴 수 있도록 직접적인 도움을 주신 분들께 감사드립니다.

1. 하나님 — 모든 것에 감사드립니다.
2. 나이절 — 나를 믿어 주고 아이들을 돌봐 주어서 고마워요.
3. 팝, 마커스, 제프, 제이슨, 조던, 레이철 W., 타냐, 샤니, 베키, 레인트건, 앤지, 제이, 웨손, 일라이저, 세라 H., 브랜디, 도니엘, 브렌던, 라이 — 원고를 읽고 격려해 주셔서 고맙습니다.
4. 조디 — 솔직히 감사할 게 너무 많아요. 조디 의견대로 할 생각이에요.
5. 디디 — 저를 힘껏 밀어주시고 기도해 주셔서 감사합니다.

6. 조던 — 방심하지 않도록 꾸준히 일깨워 주셔서 거듭 감사 드립니다.

7. 리나 — 동화 속 신 같은 출판 대리인이자 친구가 되어 주어서 고마워요. 성급하게 앞서가려고 할 때마다 어김없이 붙잡아 준 것도, 내 짜증과 고집을 다 받아 준 것도 모두 감사해요.

8. 엘리자베스 — 피비의 도움을 받아 전부 뜯어고치게 해 주셔서 감사합니다.

9. 피비 — 덕분에 절반을 삭제하고 다각도에서 검토할 수 있었어요. 못되게 굴 때도 저를 품어 주어서 고마워요.(세상에, 제가 어떻게 피비처럼 더할 나위 없이 훌륭한 편집자를 만날 수 있었을까요.)

10. 어머니와 아버지 — 저를 낳아 주셔서 감사합니다.

11. 키런과 마일로 — 그게 무엇이든 내가 이 작업을 하는 이유가 되어 주어서 고맙다.

12. 마틴 루서 킹 목사님 — 불을 지펴 주셔서 감사합니다. 바라건대 그 불길이 계속 타오르는 데 제가 부지깽이 노릇을 했기를.